NE ME REMERCIEZ PAS !

Martial Caroff

Ne me remerciez pas !

Roman

Fayard

Couverture : © Fabrice Haes
d'après une maquette de © Le Petit Atelier
Motif : © Getty

ISBN : 978-2-213-72655-7

Dépôt légal : novembre 2023

Le prix du Quai des Orfèvres a été décerné sur manuscrit anonyme par un jury présidé par M. Christian SAINTE, directeur de la police judiciaire, au 36, rue du Bastion. Il est proclamé par M. le Préfet de police.

Novembre 2023

PRIX DU QUAI DES ORFÈVRES

Le Prix du Quai des Orfèvres, fondé en 1946 par Jacques Catineau, est destiné à couronner chaque année le meilleur manuscrit d'un roman policier inédit, œuvre présentée par un écrivain de langue française.

• Le montant du prix est de 777 euros, remis à l'auteur le jour de la proclamation du résultat par M. le Préfet de police. Le manuscrit retenu est publié, dans l'année, par les Éditions Fayard, le contrat d'auteur garantissant un tirage minimal de 50 000 exemplaires.

• Le jury du Prix du Quai des Orfèvres, placé sous la présidence effective du directeur de la police judiciaire, est composé de personnalités remplissant des fonctions ou ayant eu une activité leur permettant de porter un jugement qualifié sur les œuvres soumises à leur appréciation.

• Toute personne désirant participer au Prix du Quai des Orfèvres peut en demander le règlement au :

Secrétariat général du Prix du Quai des Orfèvres
36, rue du Bastion
75017 Paris

Site : www.prixduquaidesorfèvres.fr

E-mail : prixduquaidesorfevres@gmail.com

La date de réception des manuscrits est fixée au plus tard au 15 mars de chaque année.

Avertissement

Cette histoire se passe peu avant le déménagement de la PJ parisienne du 36, quai des Orfèvres, vers la Cité judiciaire de Paris dans le quartier des Batignolles. Tous les personnages et les lieux non publics de ce roman, ainsi que l'Institut et la ville qui l'accueille, sont imaginaires. L'auteur tient également à préciser que la théorie défendue par certains personnages du roman sur les causes du réchauffement climatique est purement fictionnelle.

À mes enfants et à Sylvie.

Tu sais que le plus fol prend bien le nom de sage
Aveuglé des flatteurs, mais il semble au poisson,
Qui engloutit l'amorce et la mort au rivage.
[...]
Et qu'avec le mépris se naissent les outrages.
[...]
Jamais l'Opinion ne sera mon collier.

Étienne Jodelle (1532-1573)
« À sa Muse »

PROLOGUE

Vendredi 23 mars
14 h 35

Soudain, le silence dans la petite salle.

Des épaules se haussèrent, des sourires s'échangèrent, se muèrent en soupirs. Les étudiants ne connaissaient que trop les effets de manches de Jacques Gaubert en vue d'accrocher l'attention de son public. D'effet, en réalité, ça leur en faisait de moins en moins. Aux garçons, du moins. Non que les cours ou les conférences de cet enseignant ne fussent appréciés, mais quel besoin de les ponctuer de ces interruptions intempestives, puérils suspenses agrémentés de grimaces et de gestes figés ?

Sacré comédien, va !

Encore dix secondes et les traits de Jacques Gaubert reprirent vie. L'homme redevint ce professeur à la voix veloutée, dont le beau visage de quadragénaire – un peu jaune aujourd'hui – parvenait à reproduire d'un cours à l'autre le miracle de la multiplication des auditrices.

— Je viens de vous décrire les caractéristiques d'une oscillation climatique majeure datée du pliocène, poursuivit-il enfin, et vous avez pu noter à quel point ses prémices sont semblables à celles qui, de nos jours, annoncent les fameux bouleversements dont la presse nous assomme. Le message laissé par les diatomites est formel : parmi les importantes variations enregistrées dans les archives climatiques de la Terre, il y a eu un précédent quasi similaire à ce que nous connaissons aujourd'hui. Un précédent aux causes naturelles !

— Doit-on vous ranger parmi les climatosceptiques ? le défia un étudiant aux mèches agressives.

— Ne croyez pas cela ! répliqua l'enseignant, de plus en plus jaune et suant. Le climat est en train de changer, c'est incontestable, et il n'est pas question ici d'amoindrir la responsabilité des activités humaines. Je veux simplement attribuer à la Nature la part... (il se massa l'estomac en grimaçant de douleur) la part qui lui est due... (Il marqua un long temps d'arrêt qui, cette fois, ne semblait pas être calculé.) Excusez-moi, je ne sais pas ce qui...

Gaubert appuya une fesse sur son bureau. Il vacilla sous le regard inquiet d'une jolie poupée, en train de repasser dans sa tête la tirade qu'elle avait préparée pour convaincre son professeur de l'inviter ce soir dans un resto romantique. On ne doute de rien quand on a vingt-deux ans. Mais s'il avait une gastro, ses projets tombaient à l'eau.

Entre-temps, Gaubert s'était redressé. Il désigna de sa baguette d'osier l'écran sur lequel s'étalait la photographie d'un front de carrière blanc.

— Désolé. Je disais que les fossiles de plantes conservés entre les niveaux de diatomites des Coirons permettent de suivre de manière très fine l'évolution *magmatique*... euh, je veux dire, climatique au tournant du miocène et du pliocène, à une époque où le climat était proche de celui que nous connaissons actuellement en Europe occidentale. Nous avons commencé à étudier de manière statistique les populations de feuilles de... euh... d'érable... d'érable et de tilleul, ainsi que l'évolution de la forme des... La morphologie des dents de... de lapin... ? Plantées dans le pistil des... euh... des sauterelles... ? Il y en a aussi ! De belles sauterelles. Des lapins fossilisés, des diatomées, des sauterelles momifiées... Des diatomites... Les diatomites sont... bizarres... étranges, à dire vrai...

Gaubert se tut. Les yeux qu'il écarquillait devant l'assistance figée devenaient vitreux, stupides. Il tenta de marmonner encore une phrase ou deux, où s'embrouillaient les mots et les idées, puis il lâcha sa baguette et, avant de s'effondrer dans un vomissement, il posa distinctement ces deux questions ahurissantes :

— C'est quoi... des diatomites ?

Puis :

— Qui êtes-vous ?

CHAPITRE 1

Lundi 2 avril
Garches, Hauts-de-Seine
14 heures

Le printemps déboulait cette année avec dans ses bagages une météo détestable, une pluie froide portée par le vent. L'atmosphère déclinait toute la gamme des gris. Les couleurs étaient mâtinées de noir. Ce n'étaient plus vraiment des couleurs.

La Peugeot s'arrêta dans un crissement généreux. Côté passager, la portière fut balancée par un homme à mi-chemin entre la quarantaine et l'âge mûr, vêtu de cuir grenat et de velours côtelé, cheveux hirsutes mal domptés par un incroyable galurin mou, coiffant un visage creux un peu déporté vers la droite, aux lèvres fines, pommettes et menton proéminents et yeux couleur eau de mare : le commandant Paul Varenne, chef de groupe à la brigade criminelle de Paris. Côté conducteur, la porte fut délicatement poussée par un homme plus jeune, plus soigné et un poil plus enrobé : le capitaine Manuel Lerefait dit « Bonboulot » – sans doute parce que, bien proportionné et plutôt beau mec, il n'y avait plus rien à retoucher –, numéro deux du groupe Varenne. Il avait belle allure dans son costume de qualité, dont la couleur claire et les rayures fines trahissaient des revenus complémentaires à son modeste traitement de fonctionnaire.

Les deux officiers de police s'immobilisèrent un instant pour contempler l'austère bâtiment qui leur faisait face.

— Pourquoi les hôpitaux ressemblent-ils toujours tant à des hôpitaux ? demanda Varenne en craquant une allumette. Pourquoi sont-ils toujours aussi rébarbatifs ? Une guérison n'a donc rien à faire d'un cadre accueillant ?

Lerefait ne répondit pas. Il se contenta de presser le pas pour devancer la prochaine averse. Son collègue se hâta moins : il avait une cigarette à consumer et, en bon Normand, il ne craignait pas les gouttes. Lorsque Varenne franchit à son tour le seuil de l'établissement, il trouva son adjoint en pleine conversation avec un type bâti comme une armoire de sa région.

— Capitaine Martin, SDPJ 92 *, se présenta-t-il.

— Merci d'être venu, le salua Varenne. J'espère que le dessaisissement en notre faveur ne vous fera pas une poussée de champignons…

---

* Service départemental de police judiciaire des Hauts-de-Seine.

Le gars de Nanterre sourit, ce qui irrigua ses joues de mille canaux rayonnants.

— T'inquiète. On n'était pas preneurs. Les Hauts-de-Seine sont en ébullition, nos effectifs en réduction et on aime prendre nos week-ends – enfin, quelques-uns : tu vois la quadrature ? Si en plus on devait se coltiner les enquêtes à la Sherlock…

— À la Maigret, s'te plaît ! On préfère.

Martin invita ses deux collègues à le suivre à travers le labyrinthe de l'hôpital Raymond-Poincaré, direction le service médico-légal du Pr Loural. Tout en marchant, il exposa les premières bribes de l'affaire :

— Notre cadavre s'appelle Jacques Gaubert. De son vivant, professeur de géologie à l'I2EC, l'Institut européen des études climatiques, basé à Châtenoy-Malaparte. Une pointure dans sa spécialité, paraît-il. Il y a une dizaine de jours, le type s'effondre en plein cours, après avoir proféré des paroles incohérentes. Il est resté plusieurs jours conscient, mais confus et totalement amnésique. Il ne reconnaissait plus personne, ne savait plus qui il était…

— C'est ça que t'appelles conscient ? ironisa Varenne.

Martin ne releva pas.

— Il est mort la nuit dernière.

— L'autopsie a eu lieu ? interrogea Lerefait.

— Ce matin. J'y ai assisté. Cervelle ravagée ! Mais on connaissait déjà la cause des troubles grâce à l'analyse d'échantillons prélevés in vivo sur le malade.

— Diagnostic ?

— Intoxication alimentaire ! Le gars se serait goinfré de crustacés pas frais ! Enfin, c'est la première hypothèse qui a été lancée…

— Ce qui a bien entendu justifié une enquête criminelle de ton service, rigola Varenne. M'étonne pas que vous ne pouvez plus prendre vos congés, dans le 9-2 si on vous charge des diarrhées dues aux fruits de mer avariés. Bon, trêve de plaisanteries ! Qu'est-ce qu'on fout ici ?

Martin ne s'offusqua pas. Il en avait sous la semelle :

— Notre section criminelle a été saisie dès les premiers résultats d'analyses, trois jours après l'effondrement public du quidam. La toxine détectée l'a été en telle quantité qu'une cause naturelle est absolument exclue. C'est un empoisonnement !

— Assassinat au jus de langoustine ? Ça commence à me plaire ! Et pourquoi l'instruction a refilé le bébé au 36 ?

— Je te l'ai dit, tout le monde est pris, chez nous. On n'a pas le personnel pour les investigations. Mais voilà, nous y sommes. Je vais laisser au Pr Loural le soin de vous détailler le dossier.

Une plaque annonçait : *Service de Médecine Légale et d'Anatomie/Cytologie*. Varenne se souvint d'avoir lu quelque part que l'hôpital de Garches renfermait le deuxième service de thanatologie de la région parisienne et l'une des plus importantes UMJ*.

Les trois policiers longèrent le couloir jusqu'à une porte bleue directoriale, s'annoncèrent et furent introduits dans un vaste et confortable bureau.

L'homme qui les reçut avait l'allure de sa fonction : grand, maigre, déplumé, visage glabre et bronzé, regard azur toisant le monde du haut de ses cinquante-cinq hivers. Mais il était à peu près cordial. Une fois les nouveaux venus installés sur des chaises osseuses, le médecin exposa la situation de sa voix grave de mandarin :

— Dès que nous avons eu connaissance des symptômes, nous avons supputé une intoxication par ingestion de fruits de mer contaminés. Des échantillons stomacaux ont aussitôt été confiés pour analyses à un labo spécialisé dans la surveillance sanitaire des coquillages. Ils ont détecté un taux effarant d'acide domoïque, une phycotoxine amnésiante que l'on trouve dans les crustacés contaminés par une algue microscopique… Attendez !

---

* Unités médico-judiciaires, pour la médecine légale du vivant, complémentaires des structures de thanatologie, où se pratiquent les autopsies.

Il consulta ses notes :

— Il s'agit de la diatomée *Pseudo-nitzschia*, lut-il. La quantité phénoménale de toxines mesurée dans les prélèvements nous a permis d'exclure toute cause naturelle, même si l'enquête a démontré que la victime a consommé un plat de fruits de mer l'avant-veille des premiers symptômes neurologiques, le 21 mars.

Martin confirma d'un hochement de tête.

— Ce repas ne serait donc pas en cause ? interrogea Lerefait.

— Possible que si, poursuivit Loural, mais alors il a été saupoudré d'acide domoïque. Les quantités sont bien au-delà de ce qui est habituellement mesuré dans les cas d'intoxication.

Varenne se triturait les mains. Cette affaire surprenante l'agaçait et l'excitait tout à la fois.

— Enfin, soyons un peu sérieux ! explosa-t-il enfin. Un empoisonnement aux... comment vous dites ? Phycotoxines ?

— Oui, c'est le terme générique pour les toxines produites par les algues.

— Qui pourrait avoir une idée tordue comme ça ? Un savant fou ? Quant à la substance, je suppose qu'elle ne doit pas se trouver dans les rayons des parapharmacies... Vous êtes bien certain qu'une bonne ventrée de moules naturelles, un peu polluées par la vie, n'aurait pas pu produire vos effets marrants, là ?

Le Pr Loural n'avait pas l'habitude de se répéter. Il se contenta d'obscurcir le ciel de ses iris et de serrer les mâchoires. Ce fut le policier des Hauts-de-Seine qui répondit :

— Tu penses bien qu'on a passé le resto au peigne fin, qu'on a remonté jusqu'à l'océan la filière de distribution et que les labos de veille sanitaire sont en alerte maximale. Tout semble *clean*. Bon, il y a encore des analyses en cours, mais je suis persuadé que ça ne donnera rien. Pour le reste, tu n'as pas tort, le flic : seul un scientifique – chimiste ou biologiste – a pu commettre un tel acte.

— Encore faut-il qu'il ait eu accès aux toxines, ton scientifique ! Ça restreint le champ des suspects, non ?

Martin et Loural échangèrent un coup d'œil. Ce fut le second qui se chargea de doucher cet élan d'optimisme :

— Disons que ça le restreint aux structures de recherche travaillant sur matériel biologique, comme l'I2EC. Mais là, c'est une bonne partie du personnel qui possède les compétences et a accès au matériel. Alors…

Il s'en lavait les mains, le Ponce Pilate. Mais bon. Au moins, maintenant, le problème était posé.

— Il agit comment, votre acide… reprit Lerefait.

— … do-mo-ï-que ! articula le médecin, content de pouvoir de nouveau montrer son savoir. Cette substance détériore les neurones en induisant un afflux de calcium, ce qui mène à la dégénérescence cellulaire cérébrale. Les premiers symptômes sont de type gastrique et interviennent dans les vingt-quatre heures après l'ingestion. Les manifestations neurologiques apparaissent au bout de trente-six à quarante-huit heures : confusion, perte de mémoire… Les lésions cérébrales sont irréversibles mais n'entraînent la mort que dans un nombre limité de cas. Gaubert, lui, vu la dose ingérée, n'avait aucune chance de s'en sortir.

— Sinon à l'état de légume ! pigea Varenne. Si je comprends bien, il l'a échappé belle…

Il changea brutalement son fusil d'épaule :

— Vous le connaissiez, Gaubert ?

Interloqué, le Pr Loural haussa une paire de sourcils jusqu'au plafond.

— Comment diable… ?

— Allons, Châtenoy-Malaparte, ce n'est pas loin de Garches ! Dans le petit monde des universitaires, on se fréquente, non ? Via les cercles à la Rotary, la franc-maçonnerie, les clubs de réflexion ou que sais-je encore ?

Loural ne s'attendait pas à ça. Il réfléchit à la vitesse de la lumière, jusqu'à décider qu'il valait mieux ne pas la jouer trop finement :

— Disons que j'ai rencontré Gaubert deux ou trois fois… Intelligent, séduisant, un rien vantard… Le genre à prétendre révolutionner le monde à chaque article qu'il écrivait. Il faut dire qu'il travaillait dans un domaine à la pointe de l'actualité : les changements climatiques ! Bref, je garderai le souvenir d'un type cordial, mais arrogant.

« Tout ton portrait ! », ne répliqua pas Varenne. Il préféra attendre la suite… qui ne vint pas.

Tout était dit.

Retour sur le parking.

La pluie renaissait.

Collante.

CHAPITRE 2

16 h 20

La voiture de police traversa rapidement Châtenoy-Malaparte, une ville de banlieue anciennement cossue, cherchant désormais sa voie entre intégration sociale et prétentions universitaires, et ne la trouvant pas. Le résultat, c'était, ici comme ailleurs, une pénurie de logements sociaux et des quartiers ghettoïsés : les intellos logeaient du côté forêt dans des pavillons à haute performance énergétique, tandis que la plèbe squattait des masures à proximité du commissariat. Entre les deux, le centre-ville avec ses monuments, ses commerçants et leurs chalands chamarrés…

Les rues, presque désertes, étaient, sous les nuages momentanément taris, en attente du rush de fin de journée. Les deux policiers braquèrent le nez morveux de leur Peugeot plus toute jeune en direction de l'Institut européen des études climatiques, amplement fléché. Le bâtiment se trouvait à la lisière de la forêt de Verrières, au cœur d'un vaste parc boisé éclairci par quatre petites aires de stationnement. La voiture se gara sur l'une d'elles, au pied d'un chêne rouvre centenaire. Une fois les portières claquées, Varenne et Lerefait prirent le temps d'examiner l'étrange édifice en forme de « S » qui se dressait sur un coteau, pas très grand, haut de deux étages. Trois bâtiments préfabriqués enlaidissaient l'une de ses extrémités. « Probablement pour le stockage des échantillons de roches et du matériel de terrain », pensa un Lerefait affûté.

— Qu'est-ce qu'ils foutent ici, loin de tout, ces scientifiques ? questionna son chef de groupe.

— C'est la mode de délocaliser les antennes universitaires, expliqua son adjoint d'un air docte. On identifie dans les universités tous les labos qui ont une thématique proche et on les regroupe au sein de bâtiments à l'américaine, si possible dans des endroits agréables. C'est pour leur com', afin qu'ils soient mieux identifiables. Quant aux collectivités locales, elles sont toujours prêtes à offrir leurs plus beaux terrains et à dévêtir leurs contribuables pour habiller ce genre de projets : le prestige, ça ne se chiffre pas.

Varenne, appuyé contre la carrosserie, paraissait dubitatif.

— C'est quoi, l'université mère ?

— Paris-Sud, je crois...

— Orsay ?

Lerefait acquiesça. Bouffée de nostalgie : c'est là qu'il avait usé ses fonds de pantalon et collectionné les conquêtes. C'était l'époque où tout était encore possible, où il n'avait pas commencé à sonder les sous-sols de l'âme humaine.

Le duo décrocha du parking pour prendre la direction de l'entrée principale, située dans l'une des courbes du « S ». À droite d'une double porte vitrée, le logo émaillé de l'Institut : un iceberg fondant sous un soleil généreux. Inquiétante perspective. Les deux hommes franchirent l'ouverture automatique pour se retrouver dans un vaste hall planté de petits panneaux indicateurs sur socles circulaires. Varenne les examina tous, mais ne trouva pas ce qu'il cherchait. Il se dirigea donc vers le petit bureau d'accueil adossé à un mur bleu et s'adressa au jeune planton :

— Le laboratoire de Planéto… de Pelotono… de Platonolo… Et merde !

Regard paniqué vers Lerefait. Celui-ci articula sans trébucher et dans un sourire narquois :

— Le laboratoire de Paléoclimatologie et Paléoenvironnement, s'il vous plaît.

— Premier escalier à droite, leur répondit une voix fatiguée. Niveau –1. Vous longez le couloir et vous verrez une plaque annonçant le LPP.

Le pas nerveux de Varenne résonnait déjà sur les marches. « Foutu début d'affaire ! » semblait-il vouloir dire. Bonboulot se hâta de rejoindre son supérieur, non sans avoir saisi au passage quelques brochures des différents labos de l'I2EC.

Le couloir du –1 était tapissé d'affiches présentant les activités scientifiques de l'Institut. Elles étaient toutes estampillées du logo à l'iceberg, au coin en haut à droite. Sous des titres en anglais s'étageaient de belles photos de paysages ou de structures géométriques grossies au microscope, ainsi que des graphiques incompréhensibles. Des portes ouvraient sur des bureaux seulement côté droit, là où l'escarpement contre lequel avait été construit le bâtiment permettait au niveau en sous-sol d'accéder au soleil. Côté gauche, c'étaient des pièces de stockage adossées à flanc de coteau et des salles de travail aveugles. Un embranchement, puis apparut le sigle « LPP », gravé en lettres d'or sur du vrai marbre. Dès ce seuil franchi, le corridor devenait plus vaste, égayé de teintes vives et percé à droite de passages latéraux menant à des portes-fenêtres. Sur la gauche, un panneau vitré exhibait une grande pièce blanche, où des blouses de même teinte étaient penchées sur des paillasses fixées aux parois. Le bureau directorial n'était pas difficile à trouver : c'était indiqué et au bout. Les policiers frappèrent à une porte violette, puis entrèrent sans attendre une éventuelle réponse. Aussitôt, dans les aigus :

— Mais qu'est-ce que c'est que cette intrusion ? Qui êtes-vous, messieurs ?

La femme qui s'était dressée derrière un amoncellement de papiers, un ordinateur portable et un petit prisme triangulaire à l'ancienne calligraphié : « Pauline Josse – Directrice du LPP » était une rouquine un peu mûre, qu'un maquillage sophistiqué et un tailleur pas trop strict rajeunissaient. Elle s'exclama :

— Vous êtes des policiers !

Ce n'était pas là la preuve d'une perspicacité hors du commun. En effet, si Lerefait pouvait à la rigueur passer pour un étudiant attardé, il n'en était pas de même pour son compère, lequel portait libellé en majuscules sur son front ridé : « CONDÉ ». Petit-fils, fils et – peut-être un jour, si sa gamine se décidait à suivre la trace familiale – père de flics, Varenne était flic avant d'être père, fils et petit-fils. C'était marqué sur son visage, c'était inscrit dans sa silhouette, sans parler de son chapeau. Même le timbre enfumé de sa voix le trahissait :

— On a prévenu votre secrétariat de notre venue, mentit-il. Vous n'en avez pas été informée ?

— Non ! Écoutez, messieurs, j'ai déjà répondu à toutes les questions de vos collègues ! Vous n'allez pas prendre le relais, j'espère ? Et d'abord, qui êtes-vous ?

Le duo prit le temps de s'imprégner du décor avant de répondre. La pièce était fonctionnelle, judicieusement personnalisée par quelques touches de couleurs, un grand tableau de Mathurin Méheut et des objets courbes. Une bibliothèque mi-administrative mi-scientifique couvrait le mur face à la fenêtre. Outre le bureau en merisier, un classeur métallique et une commode à tiroirs composaient l'ameublement.

Les policiers finirent par dégainer fièrement leurs « brèmes », encore appelées « cartes de réquise » ou bien « cartes de pêche », argot désuet mais si charmant pour désigner ces cartes de police de nouvelle génération, format cartes à puce, avec le cryptogramme qui va bien.

— Le Quai des Orfèvres à présent ! s'exclama-t-elle. Merci pour l'honneur, mais vous perdez votre temps ici et nous faites perdre le nôtre, commandant, ce qui est encore pire. Gaubert est mort d'une intoxication accidentelle. C'est évident ! Il se bâfrait de fruits de mer toutes les semaines.

Pensait-elle ce qu'elle disait ? Varenne jugea que non. La femme commençait à lui plaire. Elle semblait être aussi adroite que lui pour prêcher le faux. La face d'ange de Bonboulot parvint à lui faire cracher quelques renseignements au sujet de son malheureux collègue. Mais ils n'apprirent rien de nouveau.

— Pourriez-vous nous conduire dans la salle où Gaubert a fait son dernier cours ? fit-il alors avec une moue craquante.

— OK, suivez-moi.

De nouveau le couloir, hanté par quelques fantômes de laborantins, dont les suaires glissaient le long des murs. Pauline Josse mena les policiers au rez-de-chaussée en faisant sonner sur les marches de pierre reconstituée les semelles étroites de ses chaussures. Les boucles de ses longs cheveux rouges libéraient une traîne impalpable de lavande. Les deux hommes flottaient à un mètre du sol, les yeux mi-clos, l'esprit tiraillé entre rêves d'Irlande et images de Provence.

Elle poussa une porte.

— C'est là.

La salle était de dimension moyenne. Pupitres fixés aux chaises, vidéoprojecteur au plafond, tableau électronique, pas de décor et murs blancs, rien pour distraire l'attention des étudiants. C'était froid et clinique. C'était une antichambre de la morgue.

— Qu'espérez-vous découvrir ici, messieurs ?

Ces messieurs ne jugèrent pas utile de répondre que, même dans une police contaminée par les méthodes rationnelles, une enquête débutait toujours par une prise d'atmosphère.

Paul Varenne se plaça à l'endroit où l'enseignant officiait, sur une large estrade de faible hauteur. Une grande baie donnait à droite sur la forêt. La trentaine de pupitres devant lui – ou plutôt sous lui – était resserrée au milieu de la pièce, telle une cour blottie, agenouillée à la merci du maître. Il posa une paume sur une table juste assez grande pour recevoir un ordinateur portable et quelques documents. Un panneau de contrôle commandait à main gauche l'appareil de projection, l'écran et les lumières. Il se retourna. Une baguette de bambou appuyée verticalement sous le tableau était la seule concession faite aux temps anciens. Sans doute parce qu'elle avait valeur de sceptre…

— On doit se sentir puissant d'ici, fut son seul commentaire.

— En tant que roi ou que comédien ? persifla Lerefait.

Ce dernier exprima ensuite le désir d'interroger les étudiants qui étaient présents lors de l'effondrement de Gaubert.

— Vous savez où ils sont ? demanda-t-il à la directrice.

— À cette heure, il doit y en avoir quelques-uns dans la salle de travail des masters. Si j'en trouve, je vous les amène ici ?

— S'il vous plaît, oui.

Pauline Josse quitta la pièce, en y laissant un peu de son odeur. Les flics ne se laissèrent pas distraire. Varenne flaira le lino clair du sol, mais il n'y avait rien à glaner. Lerefait s'approcha de la fenêtre. Dehors, la densité des arbres s'accroissait progressivement du parc vers la forêt, horizon vert derrière lequel demeurait un reste du mystère ancestral de la vieille Gaule, même en cette Île-de-France domestiquée depuis belle lurette.

La porte se rouvrit au bout de dix minutes sur trois étudiants menés par un quadra musclé de petite taille, à qui des pieds bottés, des jambes arquées, un sweat ras du cou, un foulard rouge, un nez étroit et un crâne rasé donnaient un look de motard sympa.

— Vincent Béasse, chercheur au labo de Glaciologie, se présenta-t-il, le LG pour les initiés. Pauline attendait un coup de téléphone important. Elle m'a demandé de conduire auprès de vous les trois étudiants que voici. Ils ont assisté au dernier cours de Gaubert.

Il fit les présentations : Ann, une brunette à l'air buté, Asnar, d'apparence studieuse, et Mary, une petite frisée qui ne savait que faire de ses mains. Ce fut surtout cette dernière qui parla. Elle raconta par le menu le dernier cours du prof, son air maladif, sa confusion, puis sa ridicule perte de mémoire finale.

— C'était un cours sur quoi ? questionna Manuel.

— Les fossiles de diatomites en tant que marqueurs des bouleversements climatiques du passé.

Varenne sursauta.

— Diatomites ? percuta-t-il. C'est quoi, des diatomites ?

Les étudiants se regardèrent. Les deux filles avaient pâli.

— Excusez-nous, mais Gaubert a posé cette même question juste avant de s'écrouler, expliqua Asnar d'une voix blanche. Ce sont les dernières paroles que nous avons entendues de lui !

Béasse prit le relais :

— Les diatomites sont des roches constituées par l'accumulation de « squelettes » d'algues à une seule cellule, qu'on appelle des diatomées.

— Et Gaubert travaillait sur ces algues ?

— Pas sur les algues elles-mêmes, mais sur les roches qui en dérivent. Il en était l'un des spécialistes mondiaux. J'ai échantillonné ce type de formations géologiques avec lui l'an dernier.

À leur tour, les policiers échangèrent un regard entendu. Paul se tourna vers les étudiants :

— Quel genre de prof était-il ?

— Du genre génial ! s'exclama celle dont on n'avait pas encore entendu le son de la voix. Vachement clair et captivant ! C'était un vrai passionné. (Ann tourna vers Béasse un visage brusquement refermé.) C'est pas comme certains…

— Disons que ses cours étaient chouettes, corrigea Mary, mais le bonhomme était plutôt cassant et prétentieux. Un aristo de la science, daignant nous délivrer quelques bribes de son savoir par seul effet de sa bonté ! Et lorsqu'on le croisait dans un couloir, il nous ignorait superbement. Enfin, certaines d'entre nous, du moins…

— Qu'est-ce que tu insinues ? réagit Ann d'une voix haut perchée.

— Mais rien, rassure-toi… Tu peux continuer à cultiver sa mémoire tranquillement !

Furieuse, la brunette quitta la salle en claquant la porte.

Lerefait hocha la tête. Drôle d'ambiance. Ce n'était pas comme ça à son époque. Quoique…

Le motard sympa haussa les épaules avec un sourire, l'air de dire : « Que voulez-vous ? Faut bien que jeunesse etc. ». Varenne se demanda comment pouvaient évoluer sur le long terme les relations entre ces jeunes gens affûtés, agressifs, sensuels, grosses têtes en plus, et leurs profs apparemment désynchronisés de ce qui constitue la réalité chez le commun des mortels. Surtout ceux qui, tel le spécimen qui trônait devant lui, semblaient avoir encore un pied (botté) bien profond dans l'adolescence.

Rude question…

Mais il se faisait tard et les flics devaient passer au quai des Orfèvres avant de rentrer chez eux.

Ils prirent congé.

L'extérieur les accueillit avec un vent à ébourgeonner les branches.

CHAPITRE 3

Mardi 3 avril
Paris
8 h 15

Le lieutenant Riwan Menguy était armoricain, jeune et policier. Dans cet ordre. C'est-à-dire mélancolique, spontané et opiniâtre. À cette heure matinale, il faisait cheminer son corps élancé le long du quai de Gesvres, fasciné par les nuances de gris que distillaient les bords de Seine. Chez lui, dans le Trégor, le gris teintait le crépuscule aux intersaisons et cachait l'aube sous un brouillard toute l'année. Mais c'était un gris uniforme, identifiable, provincial. La capitale, elle, offrait une ample palette de gris, repoussant les vraies couleurs loin vers les extrémités du paysage, les haussant parfois jusqu'à la cime du ciel. Rien ne l'étonnait tant que le gris de la bruine, sinon le gris du fleuve et celui de l'atmosphère. Tous différents, tous fascinants. C'était cela la principale richesse de l'Île-de-France : l'infinie gradation de ses niveaux de gris.

Le policier traversa la Seine par le pont au Change. Il flottait dans un imperméable de qualité, mais trop long et trop large, qui lui allait comme une carapace de langoustine paimpolaise sur une crevette de Perros-Guirec. Avant de s'engager sur le quai de l'Horloge, il marqua un court temps d'arrêt devant la tour rectangulaire du même nom, se rappelant avoir lu que c'était là qu'avait été installée au XIVe siècle la première horloge publique de France. Le lieutenant Menguy haussa les épaules et s'engagea à main droite sur le quai anciennement nommé « des Morfondus » à cause de son exposition nord. D'un côté, la Seine, paisible, de l'autre, la Conciergerie, sinistre. Le jeune flic s'arrêtait tous les vingt mètres pour offrir à la pluie fine son visage taillé à la serpe celtique. Le contact des gouttelettes sur sa peau pâle valait la plus sensuelle des caresses.

Riwan Menguy avait intégré la brigade criminelle de Paris un an plus tôt, après une courte affectation à la PJ du Val-de-Marne. C'était son talent à débrouiller les écheveaux téléphoniques et informatiques qui lui avait servi de sésame pour entrer dans la célèbre « Crim' », dont les quatre lettres le faisaient déjà fantasmer quand, enfant, dans son petit village de Pleubian, il s'amusait à courser les voleurs à oreilles pointues, longue queue et moustache. Depuis qu'il était au Quai, il savourait son bonheur à petites gorgées. Tout était pour lui source d'émerveillement, même les crimes atroces. Une capacité d'émerveillement toutefois tempérée par son indécrottable mélancolie. Dernier arrivé au sein du groupe, il en était le quatrième dans l'ordre hiérarchique. Son patron direct, le commandant Varenne, était taciturne et peu jovial, mais il le savait réglo. Quant à ses collègues, leurs différences les rendaient complémentaires. Qui était responsable de cette heureuse alchimie ? La grande taulière ? Kestner, leur chef de section, très présent ? Varenne ? Ou bien le hasard ?

Menguy accéda par un porche à la cour intérieure du 36. Les pavés – gris beige – luisaient devant des façades alourdies d'ornementations à l'antique. Un amoncellement de caisses de tailles et de formes variées était le seul indice trahissant le prochain déménagement du bloc police-justice du 1er arrondissement dans le complexe ultramoderne des Batignolles. Triste perspective pour un romantique breton… Riwan Menguy longea les arcades transformées en abris à motos pour se diriger vers l'entrée de la PJ. Gravit les marches noires avec ce zeste d'excitation qu'il entretenait précieusement au fond de lui. Bureaux de direction au deuxième, palier du troisième avec son agora et son tableau d'affichage, encore un étage, puis escalier plus étriqué, étroite coursive sous verrière et enfin la porte – gris souris – du bureau collectif du groupe Varenne.

Menguy pénétra discrètement dans son second chez-lui, sous les toits et les pigeons, tout en haut du 36.

Il rejoignit son petit coin perso, près de la porte. Un espace sobre et fonctionnel, qui contrastait avec ceux de la plupart de ses collègues, habillés de posters et encombrés de bibelots improbables. Seules deux photos encadrées personnalisaient son plan de travail, de part et d'autre d'un PC tout neuf : l'une de sa maison natale, l'autre de sa défunte grand-mère maternelle, celle qui lui avait appris à tirer au lance-pierre quand il avait une dizaine de printemps et à draguer les sauvageonnes du bocage, trois ans plus tard. Il déposa son sac au pied de sa chaise, puis suspendit son imperméable au portemanteau. Maniaque, il vérifia l'agencement impeccable de sa table. S'étira sur son siège. Bâilla. Puis, comme il n'y avait personne dans la pièce, il se leva lourdement et avança jusqu'à la fenêtre, devant laquelle il s'immobilisa, mains derrière le dos. Son regard se perdit dans le moutonnement des nuages, où il lui semblait deviner quelque chose d'un paysage marin.

Riwan soupira. L'enthousiasme de la montée des marches avait déjà fait place à son spleen habituel. Il prépara le kawa, puis il retourna à son bureau. Son regard morne se posa sur la cafetière qui gouttait en embaumant.

La porte s'ouvrit pour donner passage à la troisième de l'équipe, la procédurière Léa Dauverchin. La trentaine entamée, un poil rabat-joie, elle souriait souvent, mais c'était machinal. À part ça, elle était capitaine, portait court ses cheveux châtains et s'habillait de façon quelconque. Les fringues, la mode, le brouhaha de la modernité et le chaos des réseaux sociaux, ce n'était pas son monde. Immergée jusqu'au cou dans la maison poulaga, sa vie n'était faite que de scènes de crime, d'odeurs de labo et d'indices empaquetés. Pour le reste, elle se contentait d'être exubérante un soir par semaine – quand le service le permettait, bien sûr –, loin du 36, ce qui suffisait amplement à étancher sa toute petite soif de sociabilité. Quant à sa région natale, personne dans le groupe ne la connaissait. Mars, peut-être ?

Elle dit bonjour, prit une tasse et s'installa à la longue table collective.

Varenne arriva à 8 h 35, Lerefait cinq minutes plus tard. Menguy servit le café et la réunion débuta.

On passa d'abord en revue les dossiers en souffrance, puis Manuel fit un rapide compte rendu de l'affaire des Hauts-de-Seine.

— Comme vous l'avez compris, on est dans le zarbi ! C'est sans doute pour ça qu'on a hérité du dossier. Le collègue du 9-2 n'avait d'ailleurs pas l'air trop déçu d'en être débarrassé. On risque de s'y embrouiller les paluches…

— Attends, c'est quoi ce défaitisme ? s'indigna Léa. C'est génial, tu veux dire ! Tu préférerais t'occuper d'un cas de vieille torturée pour vingt euros avec son aiguille à tricoter ? Ou d'une rixe entre une starlette de la téléréalité et son guignol ? Et d'après ce que tu racontes, on peut d'ores et déjà circonscrire notre enquête à l'Institut…

— Ouais, ça, c'est le côté positif, intervint Varenne. Avec un empoisonnement à la diatomée d'un spécialiste des diatomites, sûr qu'on peut oublier le crapuleux à la petite semaine ou le coup de sang improvisé. Plus prémédité, tu meurs !

Fallait oser. Sourires contraints. Une quinte de toux, puis il continua :

— Pour autant, on n'est pas sortis du purgatoire. OK, le champ des possibles est limité aux scienteux du climat, mais là, tout le monde est suspect. Du technicien bac plus deux au prof directeur de recherche en passant par l'étudiant bilieux en fin de thèse, tous ont pu avoir accès au matériel biologique. Quant aux connaissances requises, l'ensemble du personnel a une formation poussée en sciences naturelles, à l'exception des administratifs.

— Il est où le matériel dont tu parles ? s'enquit Léa.

Lerefait reprit la parole :

— Bon, je vous explique l'organisation de l'Institut. D'après ce que j'ai lu dans les brochures que j'ai piquées à l'accueil, il y a quatre labos à l'I2EC : le laboratoire de Physique aérologique (LPA), le labo de Glaciologie (LG), le laboratoire de Paléoclimatologie et Paléoenvironnement (LPP) – le plus gros des quatre, dirigé par Pauline Josse – et enfin le centre d'étude des Relations Homme-Climat (RHC), qui fait plutôt dans la sociologie et l'économie labellisée développement durable.

— On s'en fout, de tes sigles ! s'agaça Varenne.

— Oui, on s'en fout. Sauf le LPP. C'est là que se situe le cœur du réacteur. On y trouve des géologues comme Gaubert, des paléontologues et des biologistes. Si j'ai bien compris, les deux dernières catégories travaillent sur l'enregistrement des variations climatiques par la faune et la flore du passé, pour les comparer à celles actuelles. Quant aux géologues, ils font des reconstitutions de la géographie des temps anciens. Mais les domaines de compétence sont poreux entre les spécialités. Enfin, voilà ce que je crois avoir pigé. Et dans les armoires, il y a bien les diatomées et les toxines incriminées.

— Mais enfin, tout ça doit être sous clef ! réagit Menguy.

— Certes, mais des clefs pour canons à peine renforcés et qui circulent à travers tout le LPP car il n'y a pas que les biologistes qui ont accès aux cultures, les paléontologues aussi, ainsi que la plupart des techniciens et des ingénieurs.

— Ce qui nous fait combien de suspects potentiels ?

— Le LPP compte vingt scientifiques – chercheurs et enseignants-chercheurs – dont sept géologues. Ils sont épaulés par dix membres du personnel technique, trois secrétaires, un informaticien et une quinzaine d'étudiants en thèse ou en stage. Si l'on met de côté les secrétaires, l'informaticien et les géologues, lesquels n'avaient pas facilement accès aux collections d'algues, disons qu'il nous reste vingt-cinq quidams intéressants.

— Et ne pas perdre de vue que « pas facilement accès », ça ne veut pas dire pas accès du tout ! crut bon d'ajouter le commandant Varenne.

Ce fut dans le moment de méditation qui suivit ces fortes paroles qu'entra le commissaire Franck Kestner.

Le chef de section Kestner était responsable de trois groupes d'enquête à la crim', dont celui de Paul Varenne. Flandrin de quarante-six ans, cheveux courts et barbe rase, nez en cimeterre, sapé hyper classe. Il estimait en effet que ses responsabilités au sein de l'une des brigades centrales de la Direction régionale de la PJ parisienne impliquaient à tout le moins une tenue irréprochable. D'où les chaussures brillantes et la cravate noire à imprimés blancs. Nerveux, parfois dur, toujours efficace, souvent sur le terrain, Kestner était respecté tant par ses subordonnés que par ses chefs.

En découvrant le maigre groupe Varenne réuni, Kestner se désola une nouvelle fois de l'inéluctable érosion de ses équipes, encore accentuée depuis les attentats de janvier 2015. La SAT* était devenue la section prioritaire de la crim' et son responsable ne se gênait pas pour piquer des effectifs chez ses collègues du droit commun, avec l'aval de la hiérarchie. Le monde était en train de changer, jusque dans ces murs vénérables… Kestner se versa une tasse de café en soupirant, puis fit signe de poursuivre la discussion. Il connaissait les grandes lignes de l'affaire, Varenne l'ayant briefé en début de matinée.

— Je suppose qu'une information a été ouverte à Nanterre ? interrogea Léa.

— Oui. Je ne connais pas le juge, c'est un nouveau, confirma Paul.

— On dispose de quoi pour commencer ?

— Les collègues des Hauts-de-Seine ont bien bossé. Interrogatoires, perquisitions, tout va nous être transmis dans la journée. Léa, tu boucles d'urgence les queues de procédures en souffrance, puis tu examines

* Section antiterroriste de la brigade criminelle de Paris.

ce nouveau dossier. Bonboulot, direction l'I2EC ! Je t'accompagne. On va leur mettre une pression d'enfer, à ces intellos ! Quant à toi, le Breton…

— Possible d'aller avec vous ? J'étouffe ici. Faute d'air marin, j'aimerais bien au moins pouvoir aspirer quelques bouffées d'une bonne atmosphère de crime.

Sourire craquant sous des yeux de chien battu. Difficile de refuser.

— OK, acquiesça Varenne. Mais dès ton retour, tu t'occupes de la téléphonie et des correspondances électroniques de Gaubert.

Les rôles étant répartis et la cafetière asséchée, la pièce se vida progressivement. Nouvelle journée de boulot et excitation face à la perspective d'entamer une enquête toute neuve.

CHAPITRE 4

I2EC
10 h 10

Varenne et Lerefait étaient cette fois accompagnés d'un blaireau fouisseur. Sitôt qu'on le posait quelque part, Menguy branchait son sonar, activait sa pelle mécanique et le voilà parti. S'il y avait un indice matériel à découvrir ou une mimique révélatrice à remarquer, pas de risque qu'il passe à côté.

Les policiers avaient prévenu l'Institut de leur arrivée. Béasse les attendait à l'entrée du bâtiment, toujours aussi cool dans un blouson de cuir rouge et noir.

— Pauline est débordée, l'excusa-t-il. Je suis à votre disposition pour vous guider.

— Vous êtes son bras droit ? attaqua Varenne.

Le motard fronça les sourcils, seules parenthèses pileuses sur une face aussi glabre qu'était chauve le crâne.

— Où voulez-vous aller ? biaisa-t-il.

— Là où Gaubert faisait ses travaux de recherche.

— Alors, suivez-moi !

Ils descendirent au –1, longèrent le couloir jusqu'au labo vitré que Varenne et Lerefait avaient repéré la veille. Les policiers entrèrent derrière le chercheur.

Une dizaine de scientifiques en blouses blanches bossaient dans la pièce. Des femmes, majoritairement. Tous les âges. Chacun était installé devant un bout de paillasse carrelé. Un tel examinait une roche sous une loupe binoculaire, celles-ci scrutaient leurs microscopes comme si leur vie – ou leur thèse ? – en dépendait, celle-là percutait les touches de son ordinateur – ploc ! ploc ! – d'un index sinon inspiré du moins volontaire, cet autre, enfin, suivait d'un œil terne les évolutions d'un liquide vert dans les circonvolutions d'un serpentin de verre.

— Chercheurs, étudiants, techniciens, ici tout le monde se mélange, s'enflamma Béasse. Chacun est responsable de ses travaux. Tout « découvreur » est susceptible de publier ses résultats en premier auteur, si ceux-ci sont intéressants. Et ce, quel que soit son statut. Pas de hiérarchie dans le monde de la recherche ! Fantastique, non ? C'est pas comme dans la police, hein ?

Varenne grogna. La salle était trop propre, trop climatisée. Les sons résonnaient en se froissant comme dans les mauvais films de science-fiction. Tout ça lui donnait envie de fumer. Il tripota ouvertement sa boîte d'allumettes, moins par provocation que pour se rassurer.

Lerefait engagea l'interrogatoire, tandis que Menguy faisait le tour de la pièce.

— Vous, vous ne travaillez pas ici… ?

— Non, confirma Béasse, mon bureau est au premier. Je suis glaciologue, mais je collabore pas mal avec les géologues et les paléontologues du LPP.

— Quel rapport entre la glace et les fossiles ?

— La glace n'est-elle pas de l'eau fossilisée ? Je plaisante. Plus sérieusement, nous avons un objet d'étude commun : les variations climatiques à travers le temps. Il nous arrive aussi de partager les mêmes outils pour prélever des échantillons. (Il s'approcha d'une femme blonde entre deux âges, aux cheveux mi-longs.) Tenez, je vous présente Isabelle Theil-Eisen, maître de conférences en paléobotanique, spécialiste des feuillus de l'ère tertiaire. Isabelle, voici trois beaux spécimens de la brigade criminelle de Paris !

La donzelle ne dit pas bonjour. Elle se contenta d'éloigner un instant son œil marron de l'oculaire de son microscope pour saluer du menton. Son air rogue ne parvenait pas à masquer totalement un certain charme de tardi-trentenaire.

— Isabelle est une scientifique qui sait reconnaître les compétences de ses collègues. Elle a récemment fait appel à moi pour adapter notre système de forage de la calotte glaciaire aux carrières de diatomites qu'elle étudie dans un ancien lac de lave du Massif central.

Varenne faillit laisser choir sa boîte d'allumettes.

— Des diatomites, encore ? s'agaça-t-il. Gaubert faisait-il partie de l'équipe ?

La blonde Isabelle avait redressé la tête. Elle fixa son collègue avec, semblait-il, une nuance de reproche dans le regard et répondit en donnant l'impression de vouloir limiter la casse :

— Oui, mais...

— Vous êtes combien ici à travailler sur ces foutues roches ?

— Tous les géologues et paléontologues du LPP y ont plus ou moins tâté.

— Aux diatomées aussi ?

— Ah non ! Ça, c'est le domaine réservé des biologistes. Et ils n'œuvrent pas dans cette salle. (Elle sourit, ce qui la rendit aussitôt plus gracieuse.) Vous ne trouverez pas l'arme du crime ici, commissaire !

— Commandant, s'il vous plaît !

— Commandant.

— L'arme du crime a déjà été retrouvée, précisa Manuel. Nos collègues des Hauts-de-Seine ont fait analyser les toxines de diatomées conservées chez vos biologistes et les résultats sont concluants. Pour autant, ça ne nous donne pas le nom du coupable...

Varenne s'était approché tout près de la paléo… paléobotaniste.

— Diatomites, diatomées, lui susurra-t-il à l'oreille. Gaubert serait-il mort par là où il a péché ?

L'universitaire haussa les épaules. Un peu plus pâle, elle fit le geste de vouloir retourner à son oculaire, mais une nouvelle question de Varenne l'en empêcha :

— Parlez-moi un peu de lui ! Les échos que nous en avons eus jusqu'à présent esquissent le portrait d'un bon enseignant, apprécié de certains étudiants et détesté par d'autres, plutôt arrogant, fier de ses travaux. Vous confirmez ?

Isabelle sourit pour la seconde fois.

— Oui, c'est à peu près cela. Certains le disaient bon professionnel…

Le ton ironique n'échappa pas aux enquêteurs.

— Et quid du versant personnel ?

— Nous n'avions que peu de relations en dehors du travail.

— Il avait des étudiants en thèse ? s'enquit Lerefait.

— Oui, une. Piera Francalanci, une Italienne originaire de Florence. C'est elle, là-bas.

Elle désignait, dotée d'un dos voûté et devant un ordinateur (ploc ! ploc !), une courte chevelure brune maintenue à gauche par une barrette multicolore de gamine, ce qui fascina Manuel. L'énoncé du nom fit se tourner un visage. Mais Varenne et Lerefait n'aperçurent que le galbe d'une joue ronde et la pointe d'un nez effilé. Menguy, lui, était à l'autre bout de la pièce, penché sur un microscope.

Les deux officiers s'apprêtaient à se diriger vers l'étudiante transalpine lorsque Pauline Josse entra en trombe. Un peu essoufflée, un rien échevelée. Elle prit le temps d'ordonner sa tenue avant de lancer :

— Messieurs, s'il vous plaît, suivez-moi immédiatement dans mon bureau !

*

Dès que la directrice et les policiers se furent éloignés, l'une des blouses blanches quitta sa paillasse. Elle longea le couloir aux teintes vives, escalada les marches trois par trois. Rez-de-chaussée, hall…

La blouse blanche était dehors sous une voûte de nuages forée par un soleil timide. Dix larmes de pluie et le gris reprit partout ses quartiers, sur la terre comme au ciel.

La blouse blanche longea le bord d'un parking, se retourna, méfiante, suivit un sentier boisé, puis s'engagea à droite dans une voie à peine marquée. Les odeurs de végétation étaient accentuées par l'humidité. Les fougères tendaient leurs bras de mendiants et les ronces s'agrippaient à l'étoffe pendante, comme dans une fable d'Ésope. Des glands décomposés sur un humus de feuilles traçaient le chemin. L'ombre blanche repéra bientôt son banc fétiche, idéalement placé dans une ancienne clairière, sous un orme crevé, là où le parc se muait en forêt. Dans l'enceinte de l'I2EC, tout était nickel sauf ce banc et son arbre. On les avait oubliés. Le premier était branlant comme un vieux, le second desquamé comme une vieille. Autour, les épineux avaient remporté la bataille territoriale. Le sol était une moquette de mousse.

La blouse blanche s'assit à une extrémité du banc. Elle passa un doigt sur un graffiti d'amoureux. « PmV », disait-il. « Piera aime V... » ? Non, non ! Ces lettres avaient été gravées il y a bien trop longtemps pour pouvoir signifier cela.

La blouse blanche extirpa de sa poche un téléphone bleu, appuya sur la touche verte – il n'y avait que huit numéros en mémoire – et colla l'écouteur à son oreille.

« Merveilleux joujou taïwanais ! », se dit-elle, en évoquant l'objet connecté à ce portable. Avec cet appareil et un bon passe-partout, l'Institut n'avait plus d'endroits secrets pour la blouse blanche.

Mais déjà les premiers sons se déversaient dans son pavillon : des bruits de chaises, des raclements de gorge... Puis ce fut une voix féminine qui s'éleva haut et clair :

« Messieurs, je dois commencer par vous présenter des excuses. J'aurais dû vous parler bien plus tôt. (Claquement métallique.) J'espère que vous comprendrez la raison de mon mutisme lorsque vous saurez de quoi il retourne... (Un temps de silence.) À présent, je ne peux décemment plus me taire. J'ai mis du temps à m'en persuader, mais... Bon ! Voilà ! (Froissement de papiers.) Ce que vous avez sous les yeux est peut-être le mobile du meurtre de Gaubert ! »

La blouse blanche tressauta d'aise sur son vieux banc.

Le morceau était enfin lâché.

Le processus allait s'enclencher, maintenant.

Inexorablement.

La blouse blanche coupa son téléphone, puis reprit en sifflotant la direction de l'Institut.

CHAPITRE 5

Les trois policiers étaient assis en arc de cercle face à Pauline Josse, qui paraissait petite derrière son immense bureau. Elle jouait nerveusement avec le prisme triangulaire portant son nom. Elle prit sa respiration, leva courageusement son regard émeraude vers Varenne et se lança :

— Messieurs, je dois commencer par vous présenter des excuses. J'aurais dû vous parler bien plus tôt.

Elle saisit la serviette qui reposait à sa gauche sur le plateau en merisier et en actionna brusquement l'ouverture.

— J'espère que vous comprendrez la raison de mon mutisme lorsque vous saurez de quoi il retourne…

Elle saisit à l'intérieur une petite liasse de papiers qu'elle déposa sur la table.

— À présent, je ne peux décemment plus me taire. J'ai mis du temps à m'en persuader, mais… Bon ! Voilà !

Lerefait saisit le document et commença à le feuilleter.

— Ce que vous avez sous les yeux est peut-être le mobile du meurtre de Gaubert ! asséna-t-elle.

— On dirait un article scientifique, remarqua Manuel.

Il décrypta le nom de la revue : *Journal of Climatology and Environmental Research* *, puis il lut le titre à haute voix, dans un anglais assez correct : *Global warming events – Past, present, and future. I. Diatomite recording in volcanic craters: an example from the Massif Central, France* **. Il cita ensuite les auteurs (dans l'ordre) : J.-A. Gaubert, I. Theil-Eisen, V. Béasse et P. Francalanci.

— Comme on se retrouve ! commenta Varenne, sarcastique.

— Cet article est un véritable brûlot, expliqua la directrice. Il remet partiellement en cause le dogme du réchauffement climatique tel qu'on le conçoit d'habitude, c'est-à-dire provoqué par des émissions industrielles de CO_2. À partir de l'étude de végétaux fossiles conservés dans des diatomites, les auteurs ont mis en évidence l'existence au pliocène – il y a cinq millions d'années – d'un cycle climatique similaire à celui régissant notre planète depuis un siècle. Cela tendrait à montrer que le réchauffement actuel serait

* « Journal de climatologie et de recherche environnementale » (revue fictive).

** « Événements liés au réchauffement global – Passé, présent et futur. I. Enregistrement des diatomites dans des cratères volcaniques : un exemple du Massif central, France. »

au moins en partie d'origine naturelle. Si cette hypothèse est confirmée, vous imaginez les conséquences politiques ?

— Ouais, bof ! bâilla le commandant Varenne. Et vous affirmez que là est le mobile du crime ? Pourriez-vous être un peu plus claire, s'il vous plaît ?

En attendant une réponse qui tardait, Menguy s'empara des feuilles. Il contempla d'un œil vitreux les diagrammes d'évolution des signaux chimiques en fonction du temps.

— Ça semble sérieux, glosa-t-il. Peut-être un peu trop rationnel pour moi…

Pauline Josse esquissa un sourire glacial :

— Sérieux, vous dites ? Lisez donc les *Acknowledgements*… C'est un paragraphe plus personnel où les auteurs remercient les scientifiques qui ont expertisé l'article, ainsi que les personnes qui les ont aidés à acquérir les données publiées. Les techniciens et les ingénieurs de l'équipe, en particulier.

Menguy feuilleta les pages jusqu'à parvenir aux remerciements. Il tendit la feuille à Bonboulot, dont l'anglais lui avait fait grande impression. Celui-ci lut :

Acknowledgements. Critical comments by two anonymous reviewers led to considerable improvements of this paper. The authors thank the CLIMATGATE research group for the useful discussions. They also thank Jean Paffavec de Pauin, Zette

Fiotedeux, Colin Éckomssa, J. Le Nicollin for their technical assistance *.

Paul Varenne avait ouvert des yeux comme des soucoupes. Il arracha le document à son subordonné.

— Diable ! s'écria-t-il. C'est quoi cette ménagerie ? Paffavec… Fiotedeux… Éckomssa… Vous êtes allés chercher vos techniciens sur quelle planète ? À moins qu'il n'y ait un Breton, un Flamand et un Congolais ? Vous nous les présenterez !

— Ah ! Sûrement pas ! Ils n'existent pas.

— Comment ça, ils n'existent pas ?

— Relisez !

Il relut donc : « They also thank Jean Paffavec de Pauin, Zette Fiotedeux, Colin Éckomssa, J. Le Nicollin for their technical assistance. »

— Eh bien ?

— Vous ne remarquez rien ?

— Mais que voulez-vous que je remarque sinon le ridicule de certains noms ?

— Si je vous dis que l'un de nos ingénieurs se prénomme Colin. Colin Lacourt.

---

* « Remerciements. Les commentaires critiques de deux experts anonymes ont permis de significatives améliorations de cet article. Les auteurs remercient le groupe de recherche CLIMATGATE [*sic*] pour d'utiles discussions. Ils remercient aussi Jean Paffavec (…) Le Nicollin pour leur assistance technique. »

— Il y a bien un Colin dans la liste, mais il ne s'appelle pas Lacourt…

— Justement…

— Il y a aussi un Le Nicollin, ajouta Menguy.

Varenne explosa :

— Bon, ça suffit comme ça les devinettes ! Qu'est-ce que vous voulez nous faire découvrir, à la fin ?

Ce fut alors que Manuel Lerefait s'exclama :

— Ah ! Oui, oui ! Je vois… Ouh là ! Ça craint !

*

Pendant ce temps, Léa Dauverchin s'activait dans son petit local de procédurière, sous les combles du 36. Elle relisait une dernière fois ses P-V en souffrance. Ouf ! Ils étaient enfin prêts à être transmis. Elle regarda sa montre. 11 h 47. Son regard obliqua vers la gauche, aimanté par une chemise rouge. C'était le dossier Gaubert que leur avaient transmis les collègues de Nanterre. Elle hésitait. Dilemme. Son estomac et sa curiosité réclamaient pitance en même temps. Un coup d'œil à sa montre. Allez, un petit quart d'heure encore. Elle fit taire ses boyaux et ouvrit la chemise avec une moue gourmande.

Elle lut en diagonale, comme on lui avait appris à le faire pendant ses études universitaires. Ralentit en abordant la section biographique.

Jacques-Antoine Gaubert avait un impressionnant pedigree. Thèse à l'université de Bordeaux, post-doc à Cambridge, puis au Massachusetts Institute of Technology, cofondateur avec Pauline Josse du laboratoire de Paléoclimatologie et Paléoenvironnement, auteur d'une centaine d'articles scientifiques, président de la Société française de sédimentologie, membre du GIEC, le Groupe d'experts intergouvernemental sur l'évolution du climat...

Léa se dit que l'homme avait dû prendre des raccourcis pour être si titré à seulement quarante-deux ans. Et aussi se faire de nombreux ennemis dans le petit monde de la recherche... En scrutant attentivement la bibliographie de Gaubert, le capitaine Dauverchin remarqua que sa production scientifique avait tout de même nettement fléchi ces dernières années. Le chercheur aurait-il été en perte de vitesse ? Il y avait peut-être là quelque chose à creuser...

*

They also thank Jean Paffavec de Pauin, Zette Fiotedeux, Colin Éckomssa, J. Le Nicollin for their technical assistance.

Varenne et Menguy fixaient Lerefait. Qu'avait-il donc compris ?

— Ben quoi ? C'est pas évident ? rigola ce dernier. Et de répéter : « Jean Paffavec de Pauin, Zette Fiotedeux, Colin... »

Tronches affaissées en face. Non, ça ne leur semblait pas évident. La matinée avait été longue, les esprits étaient fatigués. Bonboulot relut la liste de noms, en l'articulant différemment et en modifiant la ponctuation. Ce qui donna :

— *J'empaffe avec deux poings cette fiotte de Colin et comme ça, j'le nique, Colin !*

— Nom de Dieu ! rugit Varenne. Mais qu'est-ce que c'est que ce délire ?

Pauline Josse étudiait ses ongles (violets).

— Oui, dit-elle. Je reconnais que ce n'est pas brillant-brillant. J'avais d'abord pris ça comme une méchante blague genre potache et...

— Une blague de potache ? Commise par un professeur d'université et ses collègues chercheurs au cœur d'un article paru dans une publication scientifique internationale ? Mais c'est plus qu'infantile, c'est effarant ! Quelle a été la réaction des éditeurs de la revue ?

— Ce sont des Anglo-Saxons, que voulez-vous qu'ils saisissent ? (Elle examinait ses paumes.) Ce genre de blagues n'est pas rare dans le milieu scientifique. L'esprit carabin, faut comprendre...

— Je comprends surtout que le probable responsable de la boutade en question a été proprement rayé de la surface du globe ! hurla Varenne, hors de lui. Et ce que je ne comprends pas, c'est que vous avez attendu plus de dix jours avant de nous en parler !

Vous vous rendez compte que vous pouvez être poursuivie pour entrave à la justice ? Qui est ce Colin ? Comment a-t-il réagi à cette insanité ?

Pauline encaissait. Elle fit front :

— Mal. Colin Lacourt est l'un de nos ingénieurs. Dès qu'il a appris qu'il était cité de cette manière – comment dire ? – peu élégante, il a vivement protesté. Il a même eu l'impudeur de diffuser les « remerciements » sur la liste électronique interne de l'Institut, pour montrer la bassesse de ses adversaires. Malheureuse initiative ! Elle a eu pour effet d'accentuer l'impact de la provocation, de multiplier les quolibets et d'accroître l'isolement de la « victime ». Bref, exactement le contraire de ce qu'il aurait fallu faire. Lacourt a aussitôt été blacklisté par notre service informatique, pour éviter un emballement médiatique qui aurait pu transpirer à l'extérieur. (Elle soupira.) Quant à ma discrétion...

— Pas seulement la vôtre, l'interrompit Varenne, un peu calmé. Tout le monde s'est tu. Omerta généralisée.

— Personne ici ne veut croire que Gaubert a été tué à cause de ça. Et nous ne pouvions pas nous permettre de salir la réputation à la fois du labo et du mort...

— Qu'est-ce qui vous a fait changer d'avis ? demanda Menguy.

Nouveau soupir, plus long, plus profond.

— Depuis que la crim' est sur le coup, ce n'est plus le même braquet. Vous l'auriez appris, de toute façon. Il valait mieux que ça vienne de moi…

Excédé, le chef de groupe se leva. Il se dirigea vers la fenêtre, mains dans le dos. Son regard suivait sur la vitre le chemin sinueux d'une goutte désorientée. À l'arrière-plan, des arbres.

Lerefait demanda à la directrice un calendrier précis des événements.

— L'article a été accepté fin février, dit-elle sans hésiter, mais l'insertion des remerciements n'a dû se faire que la première semaine de mars, au stade de la correction des épreuves. Quant à la diffusion sur la liste interne, elle est datée du 12 mars.

— Et le 21, Gaubert était empoisonné ! compléta Varenne de sa fenêtre.

Il se retourna.

— Parlez-nous de Lacourt.

Pauline s'exécuta avec réticence.

— C'est un ingénieur d'études, spécialiste du traitement des microfossiles d'algues. Un homme plutôt discret, qui n'avait jamais fait parler de lui avant cette histoire. Consciencieux, il produit un travail de qualité, mais sa nature solitaire l'isole du reste de l'équipe. Je ne sais pas ce qui a conduit Gaubert à se moquer de lui de cette façon.

« Elle ne sait pas, ne veut pas le savoir ou ne peut pas le dire ? » se demanda Manuel.

Après avoir indiqué aux policiers où ils pourraient trouver Lacourt et leur avoir donné une description sommaire du personnage, Pauline Josse se leva, visage fermé. L'entretien était terminé.

Les trois flics n'insistèrent pas. Ils reprirent la direction de la salle de préparation. Les scientifiques la quittaient par petits groupes bavards pour s'en aller déjeuner. Un grand Jésus solitaire au regard fuyant attira leur attention. Il était le dernier à sortir. Il verrouillait la porte.

Varenne l'interpella :

— Monsieur Colin Lacourt ?

CHAPITRE 6

Le grand Jésus braqua vers les flics ses yeux vagues recouverts au tiers par des paupières molles, sans ressort. Ils nichaient au creux d'un long visage triste qu'encadrait une barbe poivre saupoudrée de sel. Menguy n'osa pas demander : « Vous avez trente-trois ans ? » Une coiffure mi-longue, mi-embrouillée nimbait la créature christique d'un halo seventies.

L'homme se retourna et, sans piper, rouvrit la porte. Il traversa la salle déserte à longues et lentes enjambées. Les policiers le suivirent. On s'installa sur des tabourets près d'une paillasse. Varenne attaqua, bille en tête :

— Je suppose que la mort de Gaubert n'a pas dû vous affecter outre mesure…

Aucune réaction. Lacourt savait rendre ses traits étonnamment inexpressifs. Varenne approcha son siège.

— Pourquoi, Lacourt ? Pourquoi ce déchaînement bilieux de sa part ? Que lui avez-vous fait, à Gaubert, qui puisse expliquer ce libelle injurieux dans son article ?

Les lèvres minces de l'ingénieur se desserrèrent enfin pour laisser sourdre un long filet monocorde de paroles à peine audibles :

— J'ai plusieurs fois été victime de vexations de la part de Gaubert : financements à mon nom détournés en sa faveur ou en celle de sa « cour », rejet de ma candidature à diverses fonctions, rumeurs désobligeantes sur ma vie privée... Je ne sais pas pourquoi il m'avait pris en grippe. La coupe d'eau a débordé le jour où il a rayé mon nom de la liste des auteurs d'un article en préparation basé sur des données originales obtenues grâce à mon travail. Cette fois, c'était trop. J'ai exigé des explications, il m'a ri au nez, en me traitant de valet et même d'esclave. Je me suis alors introduit un soir dans son bureau pour récupérer toutes mes données et empêcher ainsi la publication du papier. Gaubert m'a surpris. Nous nous sommes battus.

Lacourt avait sorti cette tirade presque sans la ponctuer, en séparant bizarrement les syllabes : « vic-time-de-ve-xa-tions-de-la-part-de-Gau-bert-fi-nan-ce-ments-à-mon-nom-dé-tour-nés... » À présent, il s'était de nouveau éteint, tête baissée, en attente.

Menguy :

— Quand est-ce que ça s'est passé ?

— Mi-janvier.

Lerefait :

— L'article que vous mentionnez, c'est celui avec les remerciements outrageants ?

— Non. Gaubert s'est servi de la publication dont vous parlez pour se venger, à froid : il a ajouté la ligne que vous savez dans les remerciements au moment de la correction des épreuves, début mars, et il s'est arrangé pour me le faire savoir aussitôt. Le projet d'article au sujet duquel nous nous sommes affrontés n'a jamais pu paraître, puisque j'avais récupéré et détruit toutes mes données.

Varenne avait du mal à s'y retrouver avec cette succession de publications scientifiques aux titres étranges et aux contenus incompréhensibles. Il découvrait avec étonnement l'extrême importance qu'elles revêtaient dans la vie d'un laboratoire de recherche, et aussi dans la progression de carrière des ingénieurs et des chercheurs. Faute de mieux, il s'efforça de bien caler la chronologie des événements dans sa tête.

— Si je vois à présent un peu plus clair sur le pourquoi du calembour foireux, reprit-il, je ne comprends toujours pas l'origine de l'animosité de Gaubert à votre égard. Il y avait bien une raison, tout de même ? Jalousie professionnelle ? Histoire de gonzesses ?

— Mais non, rien de tout ça. Je ne suis qu'un simple ingénieur, comment aurais-je pu lui faire de l'ombre ? Quant aux femmes, elles étaient toutes à ses pieds, il n'avait qu'à se pencher. Vous croyez peut-être que moi… ?

Effectivement, Lacourt, avec son teint olivâtre et son regard d'ornithorynque, qui aurait-il pu séduire sinon une extraterrestre naïve ou une vieille visiteuse d'hospices ?

— Non, conclut-il. Je n'étais pas un concurrent. Gaubert était fou d'arrogance, il aimait écraser ceux qui se trouvaient plus bas que lui sur l'échelle hiérarchique, voilà tout. Le syndrome du petit chef.

— Comment avez-vous réagi à sa dernière attaque ?

Lacourt commençait à s'animer. Il avait retrouvé l'usage de la ponctuation et agitait les mains.

— J'étais furieux, vous pensez bien. Je me suis senti profondément sali. J'ai vivement protesté auprès de Pauline Josse, mais celle-ci était tellement tétanisée par la crainte du scandale qu'elle n'a rien trouvé à dire, sinon que ce n'était pas grave et qu'il fallait avant tout que je me calme. Et puis, elle avait peur de Gaubert. Bref, elle n'a rien fait. En dernière ressource, j'ai balancé le texte sur la liste interne de l'Institut, accompagné d'un commentaire personnel bien rugueux. Mais au lieu du soutien que j'attendais de la part des collègues, je n'ai eu en retour que mépris et veulerie. On m'a reproché mon impudeur, on a dit que je voulais la mort du labo. J'ai même eu droit à des chapelets de lieux communs, du genre : « Colin a reçu la monnaie de sa pièce ; il n'y a pas de fumée sans feu ; qui sème le vent récolte la tempête », etc.

Enfin, cerise sur le gâteau, j'ai été viré de la liste de diffusion.

— Bref, vous êtes en train de vous présenter en tant qu'empereur des suspects ! On aura en effet du mal à trouver dans l'Institut quelqu'un qui, plus que vous, avait les moyens, le mobile et l'occasion pour assassiner Gaubert.

— Détrompez-vous ! Ce type était un monstre. Tout le monde le détestait, ici. Mais en secret, car il était puissant et craint. Concours de courbettes en sa présence, persiflages meurtriers derrière son dos.

— Meurtriers, vous dites ?

— Meurtriers !

Varenne n'aimait pas le bonhomme. Sous une apparence de sincérité, il usait de procédés comparables à ceux-là mêmes qu'il condamnait : allusions et peut-être double discours. Pas de doute, l'ingénieur était bien à sa place dans ce temple de l'hypocrisie.

— Je serais vous… commença Lacourt.

Et voilà. Il suffisait d'attendre. Les flics dressèrent l'oreille.

— Je serais vous, je me pencherais sur les affaires sentimentales de Gaubert…

Colin baissa son regard de prophète et se secoua l'auréole. Il s'inclina pour marmonner :

— Tenez, prenez Piera, par exemple ! Si belle, si convoitée…

*

6e arrondissement de Paris
Le soir

Kestner adorait les saisons de transition. Un automne à la mer ou un printemps en ville, le froid comme perspective ou un pas vers la canicule, c'était tout un pour lui. Aimant les choses en devenir, il ne détestait rien tant que les mondes francs. Le commissaire, à sa manière de flic, était un poète.

Kestner arpentait la rue Madame en compagnie du capitaine Marie Sertillanges, une mignonne trentenaire à la longue toison brune, deuxième d'un autre groupe d'enquête de la section Kestner et amie – officieuse – du chef de ladite section. Costume blanc cassé pour le premier, robe rouge audacieusement échancrée pour la seconde. La soirée était belle, avec un zeste d'humidité en provenance du jardin du Luxembourg, dans un air doux comme de la ouate. La nuit qui venait de tomber avait allumé son quartier de lanterne pour aider à faire la transition.

Le couple flânait, pas pressé. Le hasard les plaça devant la devanture d'un resto, à l'enseigne d'un cèdre. Un début de faim et un désir de couleurs les firent ouvrir la porte et une fragrance d'épices douces les retint. Conquis, tous deux se laissèrent guider jusqu'à une table planquée sous un décor en forme de frondaison. Les branches en carton dégoulinaient sur leurs têtes comme de douces guirlandes.

Ils se sentaient bien. Cet endroit, c'était l'Orient intemporel, comme on aime. La paisible riposte aux images sanglantes que de sombres arriérés diffusaient sur les écrans du monde depuis plusieurs mois.

Apéritif, mots tendres, une paume se posant sur le dos d'une main, et le regard qui soudain s'abaisse... Plat de résistance dégusté en silence... Le dossier Gaubert ne vint sur la nappe qu'au moment du dessert (une pâtisserie à la cannelle).

— Varenne m'a fait un compte rendu de leur journée à l'Institut de Châtenoy-Malaparte, commença Kestner en salivant devant le feuilleté. Je crois que ce ne sera pas du gâteau.

Il résuma ce que lui avait raconté son chef de groupe : son entrevue avec la directrice du LPP, puis l'interrogatoire de Colin Lacourt.

— Le Breton a repris la téléphonie Gaubert, que nos collègues du 92 avaient entamée. Résultats plutôt décevants. Seul truc qu'il a remarqué : ses nombreux coups de téléphone à Piera, une étudiante italienne qui prépare un doctorat sous sa direction. Souvent en fin de journée. Et ils se sont intensifiés à partir du 16 mars. Et du côté de sa messagerie électronique, rien de particulier, sinon des échanges vifs avec certains de ses collègues. Il a visiblement effacé des messages.

— C'est pas mal pour un début, commenta Marie.

— Varenne est très énervé, conclut le chef de section. C'est plutôt bon signe : il n'est jamais aussi efficace que quand il est porté à ébullition.

— Heureusement, car il a accroché là une affaire pas banale.

Kestner but une gorgée de sauternes.

— On est dans un cas typique de ce que j'appelle les « crimes de niche ». J'ai une théorie là-dessus. Il s'agit de meurtres dans des microcosmes, où les tensions s'exacerbent pour des motifs que les gens « normaux » jugeraient incompréhensibles. Les relations dans ces petites communautés sont régies par des règles spécifiques, différentes de celles de la vraie vie.

— Niche ou pas, les humains sont partout les mêmes et ce sont les mêmes moteurs qui les font agir, rétorqua Marie. Ambition, vengeance, intérêt, passion…

— Certes, mais les modalités peuvent prendre une forme baroque : des algues microscopiques comme arme du crime, par exemple… Idem pour les mobiles. Et là, en plus, on se cogne à des grosses têtes dont le métier est de se tripoter les neurones.

Marie hocha le menton. Ses prunelles irradiaient.

— Et quelle conclusion tires-tu de tout cela ?

Kestner fit comme s'il n'avait pas compris qu'elle posait une question dont elle connaissait la réponse :

— Eh bien… Tu vois, Paris est assez calme, ces temps-ci. (Mais pourquoi se justifiait-il comme ça ?) La plupart de mes dossiers sont remontés. (Il respira un grand coup.) Je crois que je vais m'impliquer un peu…

Marie souriait. Elle le connaissait, son Francky. Pas du genre à rester à quai quand les autres s'amusaient. Le terrain, c'était sa drogue. Kestner était certes une belle plante de commissaire au soleil, dont la croissance avait bénéficié de l'engrais policier des bords de Seine, mais l'homme gardait ses racines profondément enfouies dans le terreau glauque du crime. De temps en temps, il éprouvait le désir de se pencher pour y malaxer l'humus.

— Mais attention, pas question de mettre Varenne sur la touche ! C'est juste qu'il a besoin de quelqu'un pour calmer ses ardeurs.

— Lerefait est là pour ça, non ?

— Oui, mais…

Il croqua un bout de gâteau pour masquer sa gêne. Il secoua la tête et finit par déposer les armes :

— Allez quoi, Marie ! Fais pas semblant de pas piger…

Elle rit, lui aussi et ils s'embrassèrent.

CHAPITRE 7

Mercredi 4 avril

Le commissaire mit sa résolution en pratique dès le lendemain. Il débarqua à l'I2EC à huit heures avec trois du groupe – Varenne, Dauverchin et Menguy – et quatre gardiens de la paix. Le grand jeu, perquisition générale. On préleva des disques durs, on fouilla dans les dossiers. Les protestations de Pauline Josse furent aussi véhémentes que vaines. Léa se chargea de la calmer. Une courte discussion entre les deux femmes eut lieu sur le seuil du bureau de direction. La fliquette demanda à la cheffe de labo son avis sur l'affaire. Celle-ci se contenta de répéter ne pas croire en la culpabilité de Lacourt.

— Colin ne s'est pas refermé sur sa haine. En diffusant l'extrait litigieux de l'article sur notre réseau informatique, il a pu extérioriser son désarroi et est ainsi parvenu à dresser une partie de l'Institut contre Gaubert, le fautif.

— Vous avez pourtant dit à mes collègues que son action avait au contraire indisposé tout le monde à son égard, rétorqua Léa. Ce que Lacourt lui-même a confirmé.

Elle avait potassé le compte rendu des auditions de la veille.

— Non… Enfin oui, peut-être… Mais pas tout le monde ! Je l'ai soutenu, moi !

Le capitaine ne jugea pas utile de répéter les paroles peu amènes de Lacourt à propos de l'attitude de sa supérieure. Elle la laissa continuer.

— J'ai promis à Colin que j'appuierai son avancement. Il est d'ailleurs sur la liste des promouvables au grade d'ingénieur de recherche. Sa nomination devrait être effective avant l'été.

— Lot de consolation pour le calmer de n'avoir pas pu mieux s'exprimer dans la recherche ?

— Mais non ! s'agaça Pauline Josse. C'est une promotion importante pour un ingénieur, le début de la seconde partie d'une carrière. Colin pourra bénéficier d'une autonomie plus grande. C'est bien ce qu'il veut, non ? Ainsi, Gaubert désavoué et sa « victime » (elle mima des guillemets) soutenue, l'incident était clos. Colin n'aurait pas tout gâché en commettant un acte si… excessif.

— Excessif ?

— Déplorable, si vous préférez…

— Je ne préfère pas ! En tout cas, même si vous paraissez vouloir défendre Lacourt, votre version n'est pas du tout la même que celle de l'intéressé. Vous continuez à affirmer ne pas connaître la cause de cette histoire ? Une bagarre entre les deux hommes sur fond de détournement de données scientifiques, ça ne vous parle pas ?

Là, Pauline Josse marqua le coup. Elle s'appuya contre le chambranle de son bureau en secouant la tête et s'enfonça dans un mutisme boudeur.

Léa fut bientôt rejointe par ses trois collègues. Ils convinrent d'interroger séparément les auteurs survivants de l'article. Dauverchin fut chargée d'Isabelle Theil-Eisen, Varenne de Vincent Béasse, tandis que Menguy allait devoir questionner la jeune Piera Francalanci sous le regard du commissaire.

*

Isabelle Theil-Eisen entra dans son bureau, suivie du capitaine Léa Dauverchin. Un bureau de fille déguisé en bureau de mec : pas un bibelot, pas un tableau, pas une nuance. Que des couleurs tranchantes. On installa son séant chacune d'un côté du plateau blanc habillé d'un simple ordinateur et de deux dossiers, l'un violet, l'autre bleu. On se toisa. Theil-Eisen n'était ni belle ni laide. Ou plutôt elle passait d'un état à l'autre selon la météo de son humeur. Elle avait l'âge où les femmes, riches d'expérience, altèrent en ambition leur juvénile enthousiasme. Quant à Léa, elle comptait se servir de sa courte expérience d'étudiante : elle avait fait psycho.

— Parlez-moi de Colin Lacourt, dit-elle.

Moue agacée en face. La scène se serait passée quinze ans plus tôt, Isabelle aurait allumé une clope.

— Ainsi, Pauline vous a dit... (Un temps d'hésitation, puis un mouvement sec du menton pour manifester sa résolution.) Bon ! Je n'ai pas de temps à perdre et je suppose que vous non plus. Colin, donc. Colin Lacourt est une vile crapule !

Isabelle avait dit ça visage fermé et lèvres pincées.

— Vous pourriez être plus explicite ?

— Il a falsifié l'an dernier des analyses pour favoriser un concurrent d'un labo étranger. Contre rémunération, évidemment.

— Vous avez des preuves de ça ?

— Ben non ! Si j'en avais eu, je peux vous assurer qu'il aurait été viré aussi sec. Mais j'en suis certaine. Un faisceau de présomptions, comme on dirait chez vous...

— C'est donc vous qui êtes responsable des remerciements outrageux dans l'article ?

— Ah ça non ! Certainement pas ! Il n'y avait que Gaubert pour avoir des idées aussi tordues. Mais je dois reconnaître que je ne m'y suis pas opposée. Faut comprendre. Entre eux deux, c'était la haine. Jacques ne faisant plus confiance à Lacourt, il a filé ses échantillons de diatomites à un autre ingénieur maison. Et il y a environ deux mois de cela, Gaubert a surpris Colin fouillant dans son bureau, à la recherche justement des analyses de ce confrère qui lui a été préféré. Il les a détruites, le salaud !

— Lui prétend qu'il voulait seulement récupérer ses propres données, détournées par Gaubert…

— Ben voyons ! Et vous le croyez ?

Léa se passa la main dans sa chevelure. Elle était effarée par la tension qui régnait dans cette boîte. Même si le baromètre de la crim' n'était pas tous les jours sur grand beau, à côté de l'I2EC, le Quai, c'était les vacances d'été dans la maison rose de Oui-Oui.

— Ils se sont violemment disputés, poursuivit Isabelle. Lacourt a échappé de peu à la commission disciplinaire et au renvoi.

— Donc Pauline Josse était au courant de cette bagarre…

— Évidemment !

Et un mensonge de plus. De la directrice, cette fois. Ne voulant pas déprimer, Léa choisit d'en sourire…

*

Vincent Béasse avait introduit l'irascible Varenne dans un local désert mis à leur disposition par Pauline Josse. Le chercheur était toujours aussi avenant, mais nettement plus tendu qu'à leur première entrevue.

— Parlez-moi de Colin Lacourt ! ordonna le commandant. (Et il ajouta avant que son interlocuteur ait eu le temps de réagir :) Nous savons pour l'article, alors, s'il vous plaît, allons à l'essentiel.

Béasse serra les mâchoires. Il devait bien s'attendre à ce que cette histoire ressurgisse, mais peut-être pas aussi vite. Il avait changé de statut auprès du policier, qui le plaçait à présent sur le devant de la scène, en tant que l'un des quatre auteurs de l'article explosif.

— Que voulez-vous que je vous dise ? fit le chercheur en se caressant la rotondité crânienne. Lacourt est un type assez désagréable, peu apprécié à l'Institut.

— Compétent ?

— Il paraît.

— Vous le connaissez bien ?

— Non. Je lui ai rarement adressé la parole.

Un temps, puis :

— Je n'y suis pour rien, dans cette pantalonnade ! Les remerciements foireux, c'était une idée d'Isabelle... Je n'y étais pas favorable du tout.

— Une idée d'Isabelle Theil-Eisen ou de Jacques Gaubert ?

— Je crois bien que ça vient d'Isabelle, qui déteste Lacourt. Mais Jacques, tordu comme il était, ne pouvait qu'approuver. Je vous jure que ça ne me plaisait pas. Pas plus qu'à Piera, d'ailleurs, laquelle n'a su la chose qu'après coup, quand c'était trop tard.

Paul nota que Béasse cherchait à protéger l'étudiante.

— Vous avez tout de même donné votre accord ?

— Non ! Mais Isabelle et Jacques ne m'ont pas laissé le choix : soit j'avalisais, soit ils me viraient de la liste des auteurs. Comme je n'ai pas beaucoup publié ces derniers temps, j'étais au pied du mur. J'avais un besoin vital de cet article. Il est important, ce papier, vous savez ? Il est publié dans une revue internationale de grand renom. Et je l'ai pas volé, d'être auteur, car j'en ai fait du boulot pour eux ! (Béasse, confus, s'enfonçait.) Je suis à un tournant de ma carrière... Les publications scientifiques, c'est notre production de base, à nous, chercheurs. C'est sur ça qu'on est jugés. Sans ce papier, je pouvais dire adieu à toute promotion avant longtemps... Vous pouvez le comprendre, non ? À vous aussi, les flics, on réclame des résultats, non ? Alors, voilà... Mais je regrette. Si vous saviez... Vraiment, je regrette. Je l'ai dit à Colin à quel point je suis... désolé.

Mépris de Varenne. L'honneur de Lacourt était devenu une variable d'ajustement. Un point secondaire. Un choc collatéral. Un œuf cassé pour l'omelette de la gloire scientifique. Sûr que de telles attitudes étaient susceptibles de faire monter la haine comme du blanc en neige chez un type qui se sentait, à tort ou à raison, mésestimé. Surtout dans un milieu aussi compétitif.

Paul se disait qu'ils auraient du mal à trouver un meilleur mobile que celui de l'ingénieur Lacourt.

En cela, il se trompait…

*

Tandis que Riwan Menguy passait la jeune Italienne à la question, Franck Kestner arpentait la salle. Une vaste pièce à trois bureaux. Les deux autres doctorants – ou « thésards » dans le jargon universitaire – avaient été priés de déloger temporairement. Le commissaire sourit. Le lieutenant, guère plus âgé que sa cible, devait sentir la présence de son supérieur dans son dos comme celle d'un examinateur jugeant d'une épreuve pratique. Mais le Breton n'était pas du genre à se laisser facilement déstabiliser.

— Parlez-moi de Colin Lacourt ! fit-il en fronçant les sourcils à la manière de Varenne.

Piera était charmante, un rien boulotte. Elle était perchée sur le bord de sa chaise à roulettes, derrière son petit bureau encombré de livres sérieux et d'objets de fille.

— *Ma* ! *Io né lé connais pas biene* ! susurra-t-elle d'une jolie voix transalpine* un peu tremblotante.

— Vous êtes tout de même cosignataire d'un article qui le bafoue… peu élégamment, on va dire.

Elle remua vivement les mains.

— Qui vous a parlé de ça ? Moi, je ne savais pas ! Je jure que je ne savais pas ! Je ne savais pas ! Je ne l'ai appris qu'au moment où le scandale a éclaté. Qui vous en a parlé ?

— Les questions, c'est nous qui les posons, mademoiselle !

Après avoir prononcé cette phrase éculée, mille fois entendue dans les séries policières, Riwan tourna une face piteuse vers Kestner, lequel l'encouragea à poursuivre d'un signe du menton. Rasséréné, le lieutenant continua d'une voix plus ferme :

— Vous n'avez pas eu la dernière version de l'article entre les mains ?

— Si, mais les remerciements ont été modifiés sur épreuves finales de la revue. En général, seul le premier ou le deuxième auteur se charge de ce type de corrections.

Les lèvres de la fille palpitaient, ses yeux se mouillaient.

— Donc le responsable de cette plaisanterie douteuse…

* Un accent qui ne sera désormais plus retranscrit, pour faciliter la lecture.

— … C'est Jacques !

Net. Sans hésitation. Un silence. Puis un raclement de gorge de Kestner pour faire comprendre au Breton qu'il était temps de passer à la seconde phase. Riwan le fit à la manière corsaire de Saint-Malo, sabre au clair :

— Connaissiez-vous Jacques Gaubert de manière intime ?

Piera fit semblant de ne pas bien comprendre les subtilités du français. Une fois la phrase transformée, en usant d'un vocabulaire plus simple (et plus cru) :

— *Ma che no !* s'exclama-t-elle. Qu'est-ce vous allez chercher là ? C'était mon directeur de thèse.

Elle avait répondu sans émotion, sans surprise. Preuve qu'elle s'attendait à la question. Preuve qu'elle mentait.

— Nous avons découvert que vous échangiez de fréquents coups de téléphone avec Gaubert, asséna soudain la grosse voix de Kestner. Et souvent tard le soir. Surtout à partir du 16 mars.

Il s'approcha d'elle, se pencha, l'acheva :

— Que s'est-il passé le 16 mars, mademoiselle Francalanci ?

La fille se leva d'un bond, projetant la chaise à roulettes loin derrière.

— Mais rien… Rien… Que voulez-vous que… ? Le 16 mars, vous dites ? Comment je pourrais m'en souvenir ? Et les coups de téléphone avec Jacques, c'était… C'était pour ma thèse… Juste des trucs professionnels…

Elle éclata en sanglots. S'échappa en courant.

*

10 h 15

Fin des entretiens. Isabelle Theil-Eisen demanda à Paul Varenne l'autorisation de quitter Paris dans l'après-midi. Elle devait effectuer une importante mission de terrain prévue de longue date dans le Massif central, avec deux étudiants. Elle serait absente une quinzaine de jours. Le commandant lui permit de partir, après avoir pris son adresse là-bas. Il lui demanda ce qu'ils comptaient y faire.

— Des prélèvements dans une carrière de diatomites, répondit-elle.

Varenne soupira ostensiblement. « Des diatomites. » Il aurait dû s'en douter.

CHAPITRE 8

Fin de matinée

Armé d'une pincette et d'une aiguille, Colin Lacourt déplaçait les diatomées fossiles sur une plaque de verre. Il surveillait l'opération sur l'écran d'un ordinateur connecté à sa loupe binoculaire. Il les classait par catégories morphologiques. D'un côté, les arrondies, en forme de rosaces. D'un autre, les allongées, évoquant de minuscules barques. Toutes porteuses d'ornementations d'une extrême finesse. Lacourt travaillait avec un soin d'horloger. On pouvait lui reprocher bien des choses, mais pas une absence de méticulosité. Il aimait à se perdre dans ce monde géométrique. Devant son regard émerveillé, un ballet microscopique de formes parfaites dansait aux ordres de sa pincette sur la piste vitreuse. Comme il se sentait loin de la mesquinerie de ses semblables.

Colin Lacourt était un homme qui faisait danser les diatomées !

Encore quelques comptages, puis il déposa ses outils. Il quitta la salle de préparation, laissant derrière lui un chercheur et deux étudiants consciencieux. Se dirigea vers la cafèt'.

Il voulait acheter son sandwich avant la ruée de midi. Il croisa dans le couloir un collègue du laboratoire de Physique aérologique, moins Jésus que lui, mais tout aussi taciturne. Bref, l'un de ceux qu'il tolérait. Qui le toléraient. Après quelques paroles anodines, le gars du LPA lui glissa un mot sur ce qui se disait à son sujet. Maintenant que Gaubert n'était plus, les langues se déliaient. Elles se partageaient entre plaintes et imprécations. On critiquait le mort, certes, mais on le regrettait aussi et on maudissait le vivant. Colin n'était plus le Christ, c'était le Diable ! On n'allait pas jusqu'à l'accuser ouvertement d'assassinat – en petit comité, on se gênait moins –, mais on disait que Gaubert aurait sans doute encore été de ce monde sans leur stupide querelle. Colin était devenu dans l'esprit des gens le responsable de son propre déshonneur. Presque l'auteur de la phrase injurieuse qui le mettait en cause. Pourquoi ? Va savoir ! Beau tissu d'incohérences. On plaignait un mort que personne n'aimait de son vivant simplement parce que son ennemi était encore plus détesté.

Le collègue conclut sa tirade confuse en suggérant à Lacourt de chercher un poste dans une autre université. Il n'ajouta pas : « Si les flics te laissent en liberté », mais le pensa tellement fort que c'était comme s'il l'avait dit.

Colin, furieux, allait répliquer lorsqu'une porte s'ouvrit brusquement derrière eux. Les deux hommes passaient à ce moment-là devant l'administration centrale de l'Institut, au rez-de-chaussée. C'était l'endroit où avaient lieu les réunions de direction. Exclamations. Colin, déjà loin, se retourna. Il reconnut Pauline Josse. Nerveuse, celle-ci lança d'une voix criarde une remarque désobligeante à quelqu'un dans la salle de conférences qu'elle venait de quitter, puis elle claqua la porte. Elle fit six pas dans le couloir à présent désert. Elle s'adossa au mur, vérifia que personne ne l'écoutait et sortit son téléphone. Après un temps d'attente, elle dit : « C'est moi ! Oui, je sais, tu m'as dit de ne pas t'appeler aujourd'hui, mais… Allô ? Non ! Ne raccroche pas ! Allô ? Allô ! Ne me laisse pas sans… Allô ? Et merde ! » Elle abaissa son portable, puis le releva pour de nouveau fixer l'écran. Elle hésitait à rappeler. Un haussement d'épaules, elle renonça. Elle se dirigea tête basse vers l'escalier menant au –1. Une fois la dernière marche enjambée, elle pressa le pas, enfin consciente de son état. Elle ne voulait pas qu'on la voie bouleversée comme ça. Heureusement, ce n'était pas encore le rush du déjeuner. Elle franchit le seuil du LPP, elle s'approchait de son bureau. Une silhouette dans le couloir. C'était Piera. Les deux femmes s'évitèrent en frôlant les murs. D'habitude, la directrice trouvait toujours un mot sympa à lancer aux thésards. Mais là, rien. Pas même un regard, sinon en coin. L'Italienne se dirigeait vers la salle de préparation. La porte n'était pas verrouillée, elle la poussa. Il ne restait plus qu'un chercheur dans un coin de la pièce. On se salua sans chaleur. Piera enfila sa blouse et se précipita vers son bout de paillasse, qu'elle illumina d'un rond de lumière rose. Elle délimitait ainsi un cercle de confiance, à l'intérieur duquel il ne pouvait rien lui arriver de désagréable. Du moins, l'espérait-elle. Elle tira un large tiroir sous la faïence, d'où elle préleva quelques sacs d'échantillons. Elle les disposa sur la table par numéros croissants. Elle tira encore un peu pour pouvoir accéder au fond du tiroir, là où avaient été rangées les diatomites cinquante-deux, cinquante-trois, soixante-cinq, -sept et -huit. Les cinq échantillons clefs de sa thèse. Son cœur tressauta soudain dans sa poitrine. Elle remua le matériel. Où étaient-ils ? Elle fouilla parmi les autres sacs, puis dans les autres tiroirs, puis sous les autres paillasses. Par le sang de la Madone ! Ils avaient disparu ! Uniquement ces cinq-là ! Elle se rassit, suante et voûtée. Il fallait se rendre à l'évidence, ses fragments de diatomites avaient été volés. Et seulement ceux dont elle avait un besoin vital pour boucler sa thèse.

« Gaubert ! Ce ne peut être qu'un coup de Gaubert ! Le salaud ! L'infect salaud ! C'est donc ça, sa vengeance ? Il les a emportés dans sa tombe. Ah ! Quel pourri ! »

On frappa à la porte. Le chercheur isolé alla ouvrir. C'était un gardien de la paix porteur d'une convocation pour Piera Francalanci. La jeune femme était attendue à quinze heures au quai des Orfèvres.

Piera acquiesça, rangea précipitamment les cailloux qu'elle avait sortis, referma son tiroir…

… et pleura dans ses paumes.

Même au sein de son disque rose, elle n'était plus à l'abri.

*

Pendant ce temps

Tandis que les gardiens de la paix poursuivaient leurs investigations dans les locaux du LPP, au –1, le commissaire et les trois officiers étaient dans le bureau de Béasse, deux niveaux au-dessus. Perquisition en sa présence. On avait sorti le matériel à scellés.

La pièce compromettante fut trouvée au fond du troisième tiroir d'un classeur métallique, dans une chemise portant l'intitulé « Antarctique ». Il s'agissait d'une impression jet d'encre de basse qualité qui dévoilait un premier essai du calembour mettant en cause Lacourt, retouchée à la main :

The authors also thank Jean Paf, ~~Jos~~Zette Fiote de Collin for their ~~valuable help /~~ technical assistance.

— C'est bien connu, l'Antarctique est en train de devenir la poubelle du monde, fut le premier commentaire de Varenne. Vous y êtes déjà allé ?

— Où ça ?

— En Antarctique.

— Oui, en 2006…

Mais en vrai, les policiers s'en moquaient, de l'Antarctique. La seule chose qui les intéressait, c'était ce brouillon prouvant la responsabilité de Béasse dans l'élaboration du libelle anti-Lacourt.

— L'idée serait donc venue de vous et non d'Isabelle Theil-Eisen, comme vous nous l'avez affirmé…

— Mais non ! Je n'avais rien contre Colin, moi. D'ailleurs, je ne le connaissais presque pas.

— Qu'est-ce qu'il fait là, alors, ce document ? Ne me dites pas qu'il a été déposé dans ce classeur à votre insu ?

— Mais si ! C'est un coup monté. Je n'y comprends rien.

— Un coup monté ? Vous êtes sérieux ?

Le chercheur semblait K.O. Une sorte de tic lui agitait la tête de façon saccadée.

Kestner examina la feuille à travers le sachet en plastique dans lequel elle avait été placée. Seuls les ratures et le « Z » étaient manuscrits. Pas assez pour une analyse graphologique. Quant aux empreintes…

Il siffla l'arrêt des hostilités. Vincent Béasse fut convoqué à la crim' l'après-midi même, quinze heures tapantes. Les flics sortirent.

On fit un arrêt clope sur le parking. Paul craqua une allumette, dont il partagea la flamme avec Léa, tandis que le vent faisait bruire les frondaisons autour d'eux. On frissonna, on était bien, on faisait corps. Le commissaire inspecta le brillant de ses chaussures, lissa sa coiffure magique – dont l'ordonnance était rarement dérangée par les caprices du temps –, puis il considéra le visage de ses hommes, lesquels attendaient son verdict. Il dit :

— Je commence à croire qu'on s'est servi de Lacourt comme d'un paravent. Il fait un coupable si pratique…

Tous acquiescèrent.

CHAPITRE 9

36, quai des Orfèvres
15 h 10

Pour faire dégorger ses suspects, Paul Varenne avait un procédé imparable : il les convoquait par paire – quand c'était possible –, les mettait dans deux salles pas trop éloignées l'une de l'autre, assignait à chacun, pour faire monter la pression, un binôme de questionneurs équipé d'une tablette et d'une petite imprimante. Bien que cette méthode n'eût rien de particulièrement original, on lui avait donné l'appellation locale de : « La Paulo ».

La première pièce était celle du groupe. On avait poussé les bureaux en périphérie et rangé la cafetière. Piera Francalanci était un petit point brun au bord de la longue table centrale. Face à elle, luisaient les masques inquisiteurs de Manuel Lerefait et Riwan Menguy. Une rangée de lampes murales l'éclairait – elle – et les laissait dans l'ombre – eux. La fenêtre était hachurée par des stores vénitiens.

Dans le second local, Vincent Béasse, Paul Varenne et Léa Dauverchin faisaient cercle autour d'une petite table ronde. La pièce était minuscule et encombrée, ce qui la rendait intime. La seule lumière venait du plafond. Elle tombait pile dans une jatte de porcelaine, au centre de la table, embrasant un fatras de stylos, de gommes, de post-it, de trombones et de punaises. Un rideau grenat obturait la fenêtre.

*

Piera avait changé. D'étudiante timide, elle s'était muée en corneille acrimonieuse. Avant même d'être interrogée, elle avait relaté le vol de ses échantillons de diatomites en brassant expressions françaises et interjections italiennes, explications scientifiques et extraits de sa thèse, imprécations contre Gaubert et appels aux divinités latines.

— Qu'est-ce qui vous permet d'accuser Gaubert ? demanda Lerefait.

— Il connaissait l'importance cruciale pour moi de ces cinq prélèvements. Sans eux, je ne peux pas continuer ma thèse, répétait-elle pour la sixième fois, au bord des larmes.

— Il était le seul à pouvoir identifier les échantillons ?

— Avec les membres du service technique qui m'ont aidée et deux ou trois amis étudiants.

— Et pourquoi aurait-il fait ça ?

Nouvelle métamorphose de Piera. Elle referma la bouche, se rétracta derrière son verre d'eau et une carafe, ce qui lui fit comme des carreaux de myope derrière lesquels clignotaient deux immenses gouffres sombres.

Oui, pourquoi diable aurait-il fait cela ?

*

On parlait à voix basse dans l'atmosphère confinée de la seconde salle d'interrogatoire.

— Non, chuchotait Béasse. Je ne suis pour rien dans cette histoire de diffamation contre Lacourt. Je répète que j'ai simplement été informé tardivement par les deux premiers auteurs de l'article, Jacques et Isabelle, qui m'ont obligé à marcher dans leur combine. J'ai cédé, mais je ne suis pas à l'origine de l'affaire. Je sais que vous n'allez pas me croire, mais je vous jure que je suis victime d'une manipulation !

Effectivement, les flics avaient du mal à avaler ça.

— Je ne suis pas débile au point d'avoir conservé un document aussi compromettant dans un classeur, tout de même ! insista-t-il en élevant la voix.

Léa et Paul ne savaient que penser. L'homme, réputé d'ordinaire séduisant et chaleureux, faisait à présent vieux et terne. Seul son crâne brillait, mais c'était dû à l'ampoule.

Son foulard rouge s'était mué en collet serré faisant gonfler et battre les veines de son cou.

*

— Pourquoi votre directeur de thèse aurait-il tenté de plomber votre travail ? Il avait intérêt à ce que vous réussissiez, non ?

Menguy sentait que Piera ne s'était pas complètement ratatinée. De sa hargne, il restait quelques braises à ranimer. Elle finit par dire d'une voix faible mais nette et presque sans accent :

— C'est une vengeance ! Bon, OK : nous avons été amants, Jacques et moi. Et il n'a pas accepté que je le quitte.

Voilà qui était mieux. Il n'y avait plus qu'à laisser se dérouler la pelote, maintenant. Le filet de voix était mince mais il se dévidait sans à-coups :

— Jacques était mon directeur de thèse depuis déjà deux ans lorsque tout a commencé. Je le trouvais brillant, charmant et nos relations me semblaient sans ambiguïté. Il y a environ trois mois, il s'est rapproché de moi. Ça s'est fait de manière tellement naturelle que je n'ai d'abord rien remarqué. Puis je me suis laissé faire. J'étais seule, il me plaisait, pourquoi me priver ?

Un reste de souvenir agréable nimbait la mémoire de Piera. Les paroles suivantes le firent se dissiper :

— J'ai rompu lorsque j'ai appris qu'il avait par le passé fait pression sur l'une de ses étudiantes pour obtenir ses faveurs.

— Ah bon ? s'étonna Lerefait. Et comment avez-vous appris ça ?

— Une ancienne lettre de Gaubert à cette étudiante a été déposée sur mon bureau.

— Une lettre manuscrite ?

— Oui.

— Déposée par qui ?

— Je ne sais pas.

— Quand ?

— Il y a à peu près deux semaines... Attendez...

Elle fit semblant de consulter son agenda électronique, mais c'était inutile. La date, elle la connaissait :

— Le 16 mars.

Évidemment. Regards entendus au sein du duo d'enquêteurs. On se souvenait que le 16 était le jour à partir duquel Gaubert avait intensifié ses appels téléphoniques à Piera.

— Et ensuite, qu'avez-vous fait ?

— Ben rien. Le gros dos.

— Il vous harcelait pour que vous reveniez, je suppose ?

— Oui.

Bonboulot buvait du petit-lait. Il redressa sa belle carcasse et lui fit faire lentement le tour de la grande table. Une fois près de la fille...

— Vous vous êtes confiée à quelqu'un... ?

… Il se pencha pour lui glisser à l'oreille :

— … Peut-être à Vincent ?

Riwan Menguy jugea révélatrice la crispation des lèvres de l'Italienne. Il quitta la première pièce…

*

… pour entrer dans la seconde. Le silence, la concentration et les six paumes presque à plat sur le guéridon déguisaient la scène en séance de spiritisme. Trois visages pâles se braquèrent vers le Breton.

— Piera vient de nous avouer avoir été la petite amie de son directeur de thèse, exposa-t-il. Elle s'en est éloignée lorsqu'une lettre, courtoisement déposée sur son bureau par une main anonyme, lui a appris le passé de harceleur de Gaubert. Piera s'est aussitôt consolée dans vos bras, Béasse !

Là, Menguy extrapolait un peu. Mais ça faisait partie de la fameuse méthode dite « La Paulo ».

— Comment ça, dans mes bras ? réagit le scientifique.

— Comme ça se prononce. C'est votre copine qui vient d'avouer dans la pièce d'à côté. Vous voulez une confrontation ?

Du bluff ! Mais ça marchait : déjà Béasse se faisait plus chancelant dans ses dénégations.

— Mais ce n'est pas…

Allez, encore une hésitation, la dernière.

— Bon, concéda-t-il enfin, OK ! Oui, elle s'est confiée à moi après sa séparation. Vous vous rendez compte de la situation dans laquelle elle se trouvait ? Gaubert menaçait de plomber sa thèse si elle ne revenait pas vers lui.

Varenne reprit la main :

— Il serait allé jusque-là ?

— Ah ça, oui ! Certainement ! Il en avait la volonté et le pouvoir.

— Vous avez donc consolé la petite Italienne…

— Oh, ça va ! Oui, on a couché ensemble. Et après ?

— Après ? Eh bien après – ou avant, peu importe – vous êtes intervenu pour faire cesser l'odieux chantage de Gaubert. Vous ne pouviez pas la laisser dans ses griffes…

— Non, non ! J'ai juste réconforté Piera. Je lui ai redonné courage, mais je ne me suis pas confronté à Jacques. Je ne voulais surtout pas qu'il sache pour nous. Il nous aurait tués…

Béasse se mordit la lèvre. Il venait de se rendre compte de la portée de sa dernière phrase. Mais trop tard, c'était dit. Il tapotait à présent la table de son index et son genou s'agitait nerveusement, faisant trembler toute sa silhouette, tel un spectre, et cliqueter les ferrures d'un bottillon.

— Donc, vous ne souhaitiez pas que Gaubert sache que vous l'aviez remplacé dans le lit et le cœur de Piera (il vous aurait tués, dites-vous), mais il fallait tout de même absolument l'empêcher de nuire (il aurait fichu sa carrière en l'air, dites-vous). Rendre Gaubert inoffensif sans se dévoiler… Tiens, mais on cherche justement quelqu'un qui a fait ça !

Varenne se leva pour tourner dans la pièce – dernière phase du process dit « La Paulo ».

— Je vais vous rappeler ce que vous avez fait, puisque votre mémoire vous joue des tours. Vous avez déposé la lettre de Gaubert à son ex-étudiante sur le bureau de Piera pour que celle-ci, choquée, le quitte aussitôt et bascule vers vous. Un projet réalisé de main de maître, bravo ! Mais Gaubert, c'était un dur. Il s'est aussitôt retourné contre sa thésarde et l'a menacée de lui briser les reins. Entre parenthèses, c'est ce qu'il est d'ailleurs parvenu à faire à titre posthume, puisque, avant de mourir, Gaubert a dérobé – et probablement détruit – cinq échantillons clefs dans la collection de Piera. Jugeant ses menaces sérieuses, vous avez pris peur et avez décidé de supprimer votre dangereux rival. Mais auparavant, vous avez assuré vos arrières en convainquant Gaubert – ça n'a pas dû être très difficile – d'insérer dans votre article commun la fameuse petite phrase dont vous êtes l'auteur. Cela permettait de détourner les soupçons vers un tiers, Colin Lacourt, lequel – miracle ! – haïssait votre victime et avait un motif en or vingt-quatre carats pour l'aider à trépasser !

Varenne se posta poings aux hanches sous la lourde étoffe d'un autre temps qui drapait la fenêtre. L'éclairage tamisé mêlait ses rayons à ceux de la chevelure embrouillée du commandant et accentuait sa tronche en biais, approfondissant aussi son sourire carnassier.

— Alors, que dites-vous de ma petite démonstration, Béasse ? C'est presque un exposé scientifique, non ? CQFD !

CHAPITRE 10

On cuisina longuement Piera à la lumière des révélations de Vincent Béasse tandis que Léa et Manuel, les plus fins psychologues du groupe, scrutaient ses réactions à l'écart de l'interrogatoire. L'opinion des deux spécialistes fut que l'étudiante n'était qu'une victime. Elle fut libérée une fois sa déposition enregistrée. Elle fit un malaise en sortant de la pièce. Varenne ordonna à un gardien de la paix de la reconduire chez elle (et d'en profiter pour récupérer la fameuse lettre de Gaubert).

Après avis du chef de service, sous le contrôle du magistrat instructeur et une fois le parquet avisé, Béasse fut placé en garde à vue. Dauverchin et Lerefait le prirent en charge. Le chercheur n'écoutait plus rien. Il ne voulait pas d'avocat. On insista. D'autant plus qu'avec les nouvelles dispositions de garde à vue l'absence d'enjuponné, c'était la promesse d'une procédure imbouclable. On lui proposa aussi de prendre contact avec un proche et de bénéficier d'un examen médical. Il refusa tout. Ne voulut profiter que d'un seul droit : celui de se taire.

Quant à Menguy, il retourna à l'I2EC.

*

Une machine à café trônait sur le palier de la crim', au troisième étage. La boisson était dégueulasse, mais le lieu convivial. C'est là qu'étaient affichés les infos syndicales, les appels à adopter de mignonnes portées de chats tigrés, les animations de l'amicale des anciens… Les chefs et les sans-grade s'y retrouvaient en bloc chaque début de matinée et d'après-midi, tandis que le reste du temps, la machine accueillait de petits groupes au gré de l'avancement des affaires, de la lassitude, des affinités…

Varenne et Kestner se faisaient face, debout, un gobelet à la main.

— Voilà une affaire rondement menée ! fit le commissaire en préambule. Une première garde à vue – et sérieuse avec ça – à ce stade de l'enquête, ça va plaire, en bas. (Il montrait les marches menant aux étages inférieurs, là où résidaient les huiles de la PJ.) Tu peux me faire un résumé ?

Varenne commença en expliquant que Piera avait quitté Gaubert – à la fois son boss et son amoureux – quand elle avait appris, par une lettre posée sur son bureau, que celui-ci se comportait en vilain avec les filles.

— Autre document clef, poursuivit le commandant, celui qu'on a trouvé dans le classeur de Béasse et qui nous conduit à le soupçonner d'être l'auteur des remerciements outrageants. C'est donc lui qui aurait incité Gaubert à les insérer dans leur article commun – chose impossible sans l'aval du premier auteur, ou à la rigueur du deuxième. Béasse n'a pas dû avoir trop de mal pour convaincre son collègue : Gaubert détestait Lacourt autant que Lacourt détestait Gaubert. On est d'accord jusque-là ?

— Admettons. Mais pourquoi ce plan foireux ?

— Gaubert est amoureux de Piera. Une fois celle-ci au courant de ses sales pratiques, elle le quitte. Furieux, le type la menace. Vincent Béasse aussi est amoureux de Piera et il fait tout pour l'attirer vers lui. Il veut la protéger de Gaubert et, tant qu'à faire d'une pierre deux coups, se débarrasser de son rival. Mais avant de passer à l'acte, il laboure le terrain en détournant à l'avance les soupçons vers un pauvre lampiste : Lacourt. C'est l'épisode des remerciements injurieux…

— … Ou comment fabriquer de toutes pièces un super mobile d'assassinat, compléta Kestner. Mouais, ça semble se tenir.

Le commissaire ne paraissait pas entièrement convaincu.

— Tout de même, reprit-il. La lettre sur le bureau de Piera… Le document dans le classeur de Béasse, cadeau offert aux flics… Tu trouves pas que ça fait un peu beaucoup ? Et puis la chronologie est bizarre. Tu pourrais la préciser ? J'ai un peu de mal à l'avaler, ton brouet.

Varenne, hilare, renversa une partie de son café.

— T'es pas comme Béasse, alors, fit-il en s'essuyant. Car lui, en garde à vue, il a tout gobé comme du potage. Quelques vagues protestations au début, puis rien après mon exposé final. Il aurait dû voir le bug, pourtant. Car t'es en train de deviner : ce que je viens de te raconter, c'est du flan ! Un gros flan bien flageolant et pas très digeste !

Le commissaire sourit. Il était sur le point de reprendre la parole, lorsque surgit la grande taulière.

Cheveux courts, jupe droite et chemisier strict, le commissaire divisionnaire Yolande Besnard, élégante femme de cinquante-quatre ans, n'était pas cheffe de la brigade criminelle de Paris pour rigoler. Elle aimait son métier, ses hommes et sa taule. Quand bientôt elle devrait partir vers d'autres horizons, aspirée par une inspection générale ou un ministère, tous regretteraient son intégrité, le bon équilibre de ses décisions et son art de diriger ses équipes d'une main douce mais ferme. Besnard, Kestner et Varenne, c'était l'axe d'airain de la brigade, la chaîne hiérarchique parfaite.

Yolande Besnard alla s'asseoir sur une petite banquette disposée le long du mur. Ses deux interlocuteurs demeurèrent debout face à elle. Elle se fit répéter les premières conclusions de Varenne. Une fois celui-ci arrivé au truc indigeste, la divisionnaire marqua son étonnement :

— Du flan ? Je n'aime pas le flan ! Qu'est-ce que vous voulez dire, commandant ?

— Facile ! Béasse – avec l'aval de Gaubert – aurait inséré la phrase insultante dans l'article au stade de la correction des épreuves. La première semaine de mars, nous a dit la directrice. Or, dans l'hypothèse que j'ai défendue devant lui, il n'aurait eu l'intention de tuer Gaubert qu'*après que celui-ci a menacé Piera*, c'est-à-dire après leur séparation effective, le 16. Béasse n'avait apparemment aucune raison de vouloir mettre Lacourt dans le circuit avant cette date. Bug dans la chronologie ! J'étais bien conscient de la difficulté quand je l'ai interrogé. J'ai fait le naïf pour étudier sa réaction, il n'en a eu aucune.

Fier d'avoir montré sa subtilité, le Varenne. Sacré Paulo ! Son aspect fruste et sa mauvaise humeur chronique cachaient une finesse de limier.

— Et qu'en concluez-vous, commandant ? s'enquit la taulière.

— Il y a trois hypothèses à discuter, concernant Béasse. L'hypothèse moyenne, c'est : il aime Piera, grenouille pour la faire tomber dans ses bras et ne décide de la mort de Gaubert que lorsque celui-ci menace de briser la carrière de son étudiante.

— Théorie qui bute contre la chronologie, comme on vient de le voir, rappela Kestner.

— Ouais. Passons donc tout de suite à la deuxième hypothèse, l'hypothèse basse : Béasse est innocent. Mais dans ce cas, il aurait dû saisir la perche que je lui tendais et se défendre en relevant l'incompatibilité de calendrier.

— Pas s'il était bouleversé ! plaida Besnard. Je dirais même que cet élément fait plutôt pencher la balance en sa faveur.

Elle s'enquit ensuite de la troisième option. Kestner prit la parole :

— Ton hypothèse haute, Paul, je suppose que c'est une plus profonde préméditation de Béasse ? (Varenne opina du chef.) Alors, voilà comment on pourrait voir les choses. L'intention première de Béasse aurait été double : assassiner Gaubert, dont il était jaloux, *et* attirer Piera vers lui. Dans cette nouvelle géométrie, l'affaire de l'article – dont il est l'instigateur – avait bien pour but de préparer le terrain en mettant un lampiste à mijoter : Lacourt. Mais avant de se débarrasser de Gaubert, il lui fallait le perdre dans l'esprit de Piera, sinon, elle ne serait jamais venue à lui. D'où la lettre qu'il glisse sur le bureau de la thésarde, pour discréditer le prof auprès d'elle. Après – mais seulement après – il pouvait le tuer. Dans ce cas, la chronologie est correcte et les menaces de Gaubert ne sont pour rien dans le passage à l'acte.

— Le mobile serait Piera ?

— Va savoir ! Ce n'était peut-être pas le seul...

La patronne de la crim' se leva. Elle fit acte de développement durable en introduisant son gobelet en plastique dans l'orifice *ad hoc*.

— On dirait que vous brûlez. Entrez dans le foyer, à présent ! Vous avez une nuit et une matinée pour trancher entre l'hypothèse haute et l'hypothèse basse, dit-elle. Bon yoyo !

Et elle se dirigea vers la porte capitonnée de son spacieux bureau, non sans adresser aux deux acolytes un petit signe d'encouragement.

CHAPITRE 11

Le soir

La Seine a installé ses coins romantiques à l'abri de charmants bosquets. Ces endroits-là sont souvent peuplés d'amoureux et il y fait plus beau qu'ailleurs. L'un d'eux, en plein cœur de Paris, a été oublié des badauds, mais ni des Grâces, ni des Muses. Quand la grisaille s'étend sur les premiers arrondissements, au cœur de l'escargot parisien, ici, parfois, il fait soleil. Ou lune. Les nuages s'en détournent pour ne pas être percés par les rayons des astres curieux. Le jour, c'est le paradis des oiseaux. La nuit, il ne s'y passe généralement pas grand-chose.

Porte qui se referme, bruits de pas, tiroir ouvert brutalement. Puis froissements de papier remués et halètements contrariés. Une voix dit : « Mais où est-ce que… ? » Et les documents d'être brassés avec une impatience encore plus grande.

« Merde ! Merde ! Merde ! » entendit-on alors.

Sur cette rive bucolique que le printemps naissant couvrait de ses odeurs, une silhouette adossée à un peuplier blanc contemplait les flots d'encre de la Seine. Celle-ci était grosse des précipitations des derniers jours. Les gerbes d'argent qui s'en détachaient finissaient en pluies de gouttelettes sur le quai. Quelques rares voitures bourdonnaient au-delà du contrefort. Un filet de musique se glissait entre les pierres et les arbres, depuis un bar lointain.

La silhouette qui regardait le fleuve n'entendait ni les autos, ni la mélodie. Un bras plié, une main à l'oreille, elle n'était attentive qu'aux sons sortant de son téléphone.

« Merde ! » répéta la voix, décidément en manque de vocabulaire. Et re-froissements. D'autres tiroirs furent ouverts avec brusquerie, mais on sentait bien que c'était sans espoir, seulement pour que la voix puisse se dire qu'elle avait cherché partout, même dans les endroits les plus improbables. Un silence rythmé par une respiration oppressée succéda à l'agitation. La voix lointaine fulmina enfin : « C'est pas possible ! Si elle n'est pas là, c'est qu'on l'a volée ! Mais qui ? Elle ? Elle l'aurait volée ? Pas possible ! »

La silhouette sous l'arbre rempocha son téléphone. Diverses expressions alternaient sur son visage, toutes reflétant sa détermination. Coup d'œil circulaire pour vérifier que le quai était aussi désert que d'habitude.

Retour des sons. Les voitures, la musique. Et un bruit de dispute entre pochards, trop loin pour être inquiétant.

« Heureusement qu'elle parle toute seule, Pauline ! pensa la silhouette. Facile de suivre ce qu'elle fait seulement avec le son. »

Agir, à présent.

Et vite !

*

Antony, Hauts-de-Seine
Plus tard dans la soirée

La Croix de Berny, située pas loin du parc de Sceaux, est un secteur écartelé par une double notoriété. D'un côté, elle abrite un rutilant quartier d'affaires dont la situation, à deux pas de Paris, dans une ville réputée pour ses espaces verts et ses établissements d'enseignement supérieur, a attiré quelques importants sièges sociaux et de multiples PME haut de gamme. Mais de l'autre, la Croix de Berny accueille aussi le terminus de la ligne de bus TVM – Trans-Val-de-Marne – récemment endeuillé par une succession de faits divers sanglants, dont un passage à tabac sauvage qui a excité les tabloïdes.

Le bar *Aux âmes jaunes* ne drainait en ce milieu de semaine qu'artistes de passage et habitants du quartier. Malgré quelques leçons de guitare vite abandonnées, Pauline Josse ne pouvait décemment prétendre à la première catégorie. Elle se contentait donc de son statut de riveraine, justifié par le fait qu'elle était propriétaire d'une minuscule maison particulière, sise dans l'impasse pavée attenante. Un héritage. Le gargotier – un ventru à moustache, surnommé « La Bacchante » – voyait paraître sa voisine à intervalles irréguliers, surtout quand elle avait à noyer de pressants soucis. Elle s'installait toujours dans le même coin, buvait beaucoup et finissait invariablement la soirée ivre et joyeuse. Elle parlait alors avec tout le monde. C'était du spectacle. Il l'aimait bien, Pauline.

Mais cette fois-ci, il faudrait du temps à Josse pour devenir allègre. Elle était inquiète. Plus que d'habitude. Elle venait de découvrir que quelqu'un avait fouillé dans son bureau.

Elle commanda une Guinness.

En fin de journée, alors qu'elle s'apprêtait à quitter l'Institut, Piera lui avait téléphoné de chez elle. En pleurs. Détruite. Pauline avait écouté la jeune Italienne avec une attention qui s'était muée en inquiétude à mesure que s'était déroulé son récit, puis en panique. Piera avait tout relaté d'une voix hachée de reniflements, depuis le vol de ses échantillons jusqu'à son calvaire chez les flics, sans omettre de signaler la garde à vue de Vincent. Et autre chose encore, qui l'avait sidérée.

Pauline leva la main pour faire venir une nouvelle bière. Ce fut une vague connaissance qui la lui apporta, un jeune plumitif en mal d'éditeur. Elle remercia poliment et le congédia.

Avant de quitter l'Institut, Pauline avait croisé ce jeune flic au nom breton, le lieutenant Menhir ou quelque chose comme ça. Un vrai rat de couloir, ce fil de fer, avec sa démarche traînante et sa tête de barde. Tout en se murant dans un silence ironique, l'insolent policier s'était planté devant elle. Elle avait bien tenté de masquer son affolement… Pas sûr qu'elle y fût parvenue.

Elle vida son verre d'un trait. La musique se faisait plus entêtante. Derrière le comptoir, « La Bacchante » l'observait avec son air de bon toutou. Il lui fit un clin d'œil. Elle rendit un demi-sourire. Elle était bien ici. Ou du moins elle aurait pu l'être, sans cette angoisse qui la minait…

Qui avait profané son bureau ? Qui avait dérobé le document manquant ? Inutile de réfléchir longtemps. Seule une personne savait. Pourtant, que cette personne fût capable de commettre un acte pareil, c'était inconcevable pour Pauline. Elle n'était pas encore prête à l'admettre.

Menhir l'avait convoquée au 36 le lendemain matin.

Que dirait-elle, face à ces inquisiteurs de flics ?

Elle tripotait nerveusement son téléphone. Elle le faisait glisser de son étui, l'y remettait, le ressortait…

Il lui fallait avoir le cœur net et les idées claires avant de prendre une décision.

Pauline sortit du bar. Deux fumeurs adossés au mur peuplaient la rue. Ils interrompirent leur conversation à son passage. Elle s'éloigna dans la direction opposée à sa maison, prit son téléphone et, après une profonde inspiration, appuya sur la touche verte.

Une ombre la suivait.

CHAPITRE 12

Au même moment

Franck Kestner était tombé amoureux de Marie Sertillanges dès leur première rencontre, trois ans plus tôt. Il avait aussitôt rayé de son répertoire le nom de toutes ses compagnes occasionnelles, puis il l'avait attendue. Longtemps. Patiemment. Il n'y avait que quelques mois qu'ils partageaient – clandestinement – une ou deux nuits par semaine.

Le capitaine Sertillanges habitait un luxueux duplex dans le Quartier latin. Il n'était pas prévu qu'elle reçoive Franck ce soir-là, mais ce dernier n'avait pas voulu passer la soirée seul. Son sixième sens de flic faisait clignoter une lumière du côté de l'hypothalamus. Il était soucieux, mais n'aurait su exprimer la cause de son inquiétude. Il avait besoin d'elle, de son écoute, de son giron.

Ils étaient à se mignoter sur les longs poils odorants d'un canapé, prolongé par un chat angora au ronron lascif qui malaxait un coussin sur la table basse adjacente. Ils étaient à s'aimer en faisant des projets d'avenir, qu'ils savaient utopiques. Et pour le plaisir, ils disaient du mal de la supérieure de Marie. Franck ne parlait pas de l'affaire Gaubert-Béasse, mais il y pensait.

*

Rue Beaunier, Sud du 14e arrondissement

Léa Dauverchin était sportive. Son emploi du temps actuel ne lui en laissait plus pour jouer au basket. Elle continuait néanmoins à entretenir son corps en s'activant tous les soirs sur diverses machines à faire gonfler ou durcir les muscles. Elle commençait par une séance d'aviron, poursuivait en halant des tendeurs et terminait sur un vélo.

Les rames à la main, elle analysait le comportement de ses collègues : Riwan ? Agaçant. Paul ? Polarisé. Manu ? Elle s'immobilisait toujours au moment d'évoquer le beau capitaine. Elle soupira, puis passa aux tendeurs.

C'était l'occasion de réfléchir à sa vie. Léa, issue d'une famille modeste, était envieuse du niveau de vie des grands bourges de la crim', Franck, Marie ou, dans une moindre mesure, Manuel. Ce n'était pas la lutte des classes, plutôt le brassage des origines, un reste d'ascenseur social pompidolien. Il n'y avait que chez les poulets qu'on voyait encore ça. De quoi pouvait-elle se plaindre ? N'habitait-elle pas Paris intra-muros ? Dans un petit logement social réservé par la préfecture, certes, et après ? Non, son vrai problème, à Léa, c'était la solitude. Elle sortait un peu, mais pas trop, aimait les mecs, mais modérément, pensait à son boulot, avec excès.

En appuyant sur les pédales du vélo elliptique, Léa passait sa journée en revue. Elle avait laissé Riwan face à leur gardé à vue. Elle irait le rejoindre dans deux heures. De toute façon, elle n'attendait pas grand-chose de cette nuit. Béasse ne parlerait plus. Elle ne savait que penser de son attitude. Coupable ou innocent, comment trancher ? L'homme s'était comme vidé de sa substance. Elle craignait que, quelle que fût pour lui l'issue de cette affaire, il n'eût du mal à s'en remettre. Perdu pour la recherche, blessé pour la vie. Un vague sentiment de culpabilité lui fit intensifier son effort. L'appareil, réglé en côte, vrombissait. Le compteur faisait défiler les centaines de mètres à une allure de tortue.

*

Rue des Petites-Écuries, 10e arrondissement

L'appartement avait sans doute été agréable dans le passé, mais voilà : la poussière, la crasse partout – sauf sur la vitre protégeant la photo d'une gamine de cinq ans – et l'entassement de vaisselle sale l'avaient fait basculer dans le quart-monde des logements en voie d'insalubrité. Les retards de loyer accumulés allaient d'ailleurs obliger Paul Varenne à rendre les clefs dans un court délai. Il n'avait plus les moyens d'habiter dans le 10e. Où irait-il après ? Chez qui squatterait-il ? Chez Manuel ? Non, il ne voudrait pas. Chez Léa… ?

Le policier était avachi en caleçon et tee-shirt devant sa télé, un verre de scotch à sa droite, une coupelle de cacahuètes-amandes à sa gauche. Ce condensé apéro-digestif lui tenait souvent lieu de repas du soir depuis le départ de sa femme et de sa fille.

Son regard était aimanté par les courbes incroyables des nanas se déhanchant dans les clips musicaux. Jamais il n'en avait vu des comme ça, en vrai, dans sa courte carrière de séducteur. Il éteignit pour éviter de souffrir. Il saisit la copie de l'article de Gaubert *et al.* On lui avait expliqué que « *et al.* », c'était pour désigner les collaborateurs. D'où l'importance d'être premier auteur : seul ce nom apparaissait dans les citations. Varenne feuilleta. Il s'appuya sur les nombreuses figures pour tenter de comprendre de quoi il retournait, mais son anglais était décidément trop flageolant. N'empêche, il était épaté. Il parvint à la page des remerciements. Là, il fut écœuré. Comment des scientifiques reconnus par leurs pairs pouvaient-ils se laisser aller à de telles incongruités ? En se renseignant, il avait eu confirmation que ce genre de plaisanteries scabreuses n'était pas rare dans le monde universitaire. Quand la directrice aux ongles violets le lui avait dit, il n'avait pas voulu la croire.

Il déposa la liasse de feuilles pour saisir le traité de climatologie grand public qu'il venait d'acheter d'occase dans la bouquinerie de sa rue. Lut :

« Max Sorre (1934) conçoit le climat comme l'ambiance atmosphérique constituée par la série des états de l'atmosphère au-dessus d'un lieu dans leur succession habituelle. »

Paul Varenne avala difficilement sa salive. Il s'aida d'une gorgée de scotch.

Il se disait confusément que l'ambiance dans l'affaire qui l'occupait pourrait peut-être répondre à cette définition si la fin était remplacée par : « dans leur succession logique ».

*

Antony, Croix de Berny
1 h 20

Pauline s'était endormie sur son divan. Elle était encore habillée. Sa coiffure parait l'accoudoir de volutes rouges. La radio égrenait les notes d'une musique de chambre.

Son bras pendait. Sur la moquette, à portée de main, un fond de verre de pommeau. « Du pays d'Auge » disait la bouteille à côté. Le dos d'un livre ouvert, pages au sol, invitait aux voyages intergalactiques. Elle et son amie avaient acheté chacune le même roman de science-fiction, pour le lire en même temps et pouvoir en parler ensemble après. Une constellation de petites ampoules encastrées au plafond répandait sur les meubles, les murs et le plancher une harmonie de nuances du jaune à l'orange. Même les bibelots étaient dans le ton. Enfin, à la croisée de deux spots, une somptueuse bibliothèque apportait la plus belle touche de personnalisation à cette pièce dont la sobriété et le goût étaient une ode à la féminité sophistiquée.

Pauline dormait d'un sommeil probablement renforcé par l'ingestion d'un somnifère, comme le révélait une petite boîte près de sa jambe droite. Trop tôt avalée, la drogue l'avait empêchée de rejoindre sa chambre.

L'absence d'un chat était le seul élément qu'un esthète aurait pu déplorer, pour l'équilibre d'ensemble, mais la scientifique était allergique aux poils de félin.

La poignée tourna sans bruit. La porte resta un long moment entrebâillée, puis elle s'ouvrit en grand. Une silhouette longea le mur de droite. Elle se plaça à la verticale de l'endormie à la coiffure étale. Les mèches sous les rayons obliques, animées par sa respiration, lâchaient des reflets de flammes. Des éclats proches de ceux d'un feu paisible comme dans les veillées d'antan. Un assassin normal aurait hoché la tête d'attendrissement. Il aurait rengainé son arme et serait sorti, penaud, après avoir empoché un livre ancien ou une céramique pour se rembourser de ses frais.

Mais la silhouette était d'un autre acier.

Un acier de lame…

CHAPITRE 13

Jeudi 5 avril
Ligne 4 du métro parisien
9 h 05

Bonboulot était en retard. Il glissa un œil vers sa montre. Une grand-mère le bouscula en se penchant pour ramasser son sac à main qui venait de glisser. Le flic détestait croupir ainsi dans ce gros ver fouissant le fondement de la capitale. Le métro était pour lui le symbole achevé d'un monde déliquescent. Seul un retour à l'air libre rendrait à Manuel Lerefait ses convictions philanthropiques. Il tourna sa tête boudeuse vers la grand-mère, laquelle serrait son sac avec soulagement.

Bonboulot descendit à l'arrêt Cité. Il gravit sous une lumière verte de vaisseau spatial l'interminable escalier flanqué de grilles métalliques, jusqu'à déboucher place Louis-Lépine. Une brume annonciatrice d'un mieux météorologique l'accueillit à sa sortie. Il longea le quai de l'Horloge, d'où il accéda par un porche à la cour intérieure du 36.

Encore une rude grimpée en perspective. Parfois Bonboulot regrettait l'absence d'un ascenseur, mais seulement en son for intérieur. Car évoquer à voix haute l'installation d'un tel engin pour doubler cet escalier historique, si souvent célébré par les faiseurs de polars, était un véritable tabou qu'il ne se serait pas risqué à transgresser.

Arrêt rapide au troisième, le temps de saluer deux connaissances et c'était reparti.

À son entrée dans le bureau collectif, Manuel Lerefait découvrit tout le groupe réuni autour du commissaire Kestner, une fesse sur la table centrale. La plupart des policiers étaient assis. Les mines étaient graves, certaines défaites. Le numéro deux n'eut à subir aucun commentaire désobligeant sur son retard. Riwan lui apprit que l'état mental de Vincent Béasse s'était dégradé au cours de sa garde à vue au point qu'il avait fallu l'hospitaliser. Kestner devança sa question :

— Non, Manu ! Ce n'était pas du cinéma. Je viens d'avoir au téléphone le médecin qui l'a pris en charge. Il semblerait que Béasse ait des antécédents psychiatriques et qu'il était sous neuroleptiques. Redis-nous ses réactions, s'il te plaît, Riwan ?

Le Breton, les traits tirés, semblait hagard.

— Après un long temps de silence, il s'était enfin mis à causer, fit-il d'une voix blanche. Mais ses paroles, stéréotypées et répétitives, étaient limite incohérentes. Puis il est entré dans une sorte de délire hallucinatoire…

— C'est pas un deuxième empoisonnement aux diatomées, au moins ? l'interrompit Lerefait.

— Tu penses bien que c'est la première chose à laquelle on a pensé, reprit le commissaire. Mais non. Je viens à l'instant d'avoir les résultats provisoires des tests faits en urgence : pas trace de toxines. D'ailleurs les symptômes ne collent pas. Béasse aurait fait une crise de dissociation. Si j'ai bien compris ce que m'a raconté le spécialiste, c'est un truc qui se manifeste par des réponses déconnectées du stimulus. Enfin, quelque chose comme ça. Je suppose qu'on peut parler au sujet de Béasse de schizophrénie légère. La crise dont vous avez été témoins, Léa et Riwan, a probablement été déclenchée par le choc émotionnel dû à la pression qu'on a fait monter autour de lui.

— Il n'avait pas été examiné par un médecin au début de sa garde à vue ? s'enquit Bonboulot.

— Si ! se défendit Dauverchin. Il ne l'avait pas demandé, mais avec Riwan, on avait fait venir un toubib quand même. Je le sentais pas trop, le Béasse…

— Et alors ?

— Alors on est tombés sur un jeune bib pressé de finir sa partie de poker, qui a expédié la visite et n'a rien vu. Il a délivré son feu vert après un examen bâclé. Enfin, voilà !

On est couverts mais dans la merde tout de même.

— Et je vous dis pas comment il s'est réveillé, l'avocat, compléta le Breton. Faut s'attendre à de la bave en presse !

— T'inquiète pas, Riwan, le rassura Kestner. T'y es pour rien. On va gérer ça.

Varenne ne disait rien. Assis à son bureau, il tripotait d'un air maussade les touches de son ordinateur. Il avait personnellement cuisiné Béasse dans la première partie de la nuit, avant que le chercheur ne quitte son mutisme pour entrer dans une période délirante. Le commandant avait essayé de tester sa fameuse hypothèse haute en mitraillant le suspect de questions pointues. Quel était son emploi du temps le 21 mars au soir, à l'heure où Gaubert était empoisonné ? Depuis quand était-il amoureux de Piera ? Quelles étaient ses relations avec la victime ? Pourquoi avoir rédigé ce libelle contre Lacourt, qu'il disait ne pas connaître et à qui, selon lui, il n'aurait adressé la parole qu'à de rares occasions ? Pourquoi ne pas s'être défendu lorsqu'il avait été accusé sur la base d'une chronologie incorrecte ? Béasse avait réagi mollement à ce tir nourri.

Dissociation, schizophrénie, voilà des mots qui faisaient peur à Varenne. Le chef de groupe devrait-il assumer une responsabilité morale si Béasse ne retrouvait pas ses facultés ? Il préféra relancer la discussion pour chasser ces idées noires :

— Ce qu'il faut maintenant, c'est reconsidérer le dossier à la lumière de ces derniers événements. Ses troubles psychiques rendent-ils Béasse plus ou moins suspects ? La question mérite qu'on s'y arrête : c'est pas tous les jours qu'on a sous la main un schizo avec un mobile, tout de même !

La question réanima l'assistance. Tous parlèrent en même temps, pour clamer avec force les avis les plus contrastés.

Lerefait prit la défense de Béasse :

— Comment voulez-vous qu'une telle cafetière fêlée ait pu monter un meurtre aussi sophistiqué ?

— Ceux qui souffrent de pathologies de ce genre sont parfois des génies, répliqua Menguy, sans daigner détacher le regard de sa chère fenêtre qu'il avait fini par rejoindre. Des génies excentriques, pile comme celui que nous traquons ! Une insertion de ouf dans un article scientifique, une arme du crime plutôt insolite et complexe à employer, mais aussi la bêtise de laisser un document compromettant dans son classeur de bureau : intelligence, extravagance, incohérence, c'est signé, non ?

Kestner tourna les yeux vers le torrent de tifs châtains façon druide qui cascadait sur le dos voûté du Breton. Il le connaissait mal, ce drôle de lieutenant matois et taciturne, mais ça allait changer. Car en balançant avec nonchalance sa tirade, il avait touché juste et épaté le commissaire. Les autres aussi, d'ailleurs. Plus personne n'osait l'ouvrir.

Sauf Yolande Besnard.

L'arrivée soudaine de la grande taulière, avec sa tête des mauvais jours et la porte balancée comme une mauvaise vanne, ternit sur-le-champ la fraîche auréole de Riwan Menguy. Elle apportait de quoi détruire ses certitudes :

— Il va falloir s'activer, le groupe ! lança-t-elle. Un corps vient d'être découvert dans une maison d'Antony. Il s'agit de l'une de vos connaissances : Pauline Josse !

CHAPITRE 14

10 h 44

L'impasse de Pauline Josse était envahie de voitures. Elles se serraient le pare-chocs au-dessus des pavés, laissant à peine de quoi se faufiler entre les carrosseries. Il y avait un puissant scooter aussi. Des cerbères en tenue barraient l'entrée. Kestner discutait avec un substitut du parquet de Nanterre. Trois membres du groupe patientaient dans la ruelle. Seule la procédurière Dauverchin était entrée. Elle avait rejoint dans la maison les spécialistes de l'identité judiciaire.

L'alerte avait été donnée par le tenancier du bar voisin *Aux âmes jaunes*, un solide quinqua à la moustache tombante. Pauline Josse avait passé une partie de la soirée dans son établissement. En rejoignant son bistro ce matin, il avait fait un crochet pour déposer dans la boîte aux lettres de sa voisine un étui de téléphone portable qu'elle avait oublié sur une table la veille. Il s'était étonné de la présence de son scooter dans l'impasse. Quand il faisait beau, comme ce matin, Pauline s'en servait pour rejoindre Châtenoy. Le bistrotier aurait pu passer son chemin, mais non. Était-ce l'espoir d'une conversation particulière ? En tout état de cause, il avait frappé à la porte d'entrée. Le battant était entrebâillé…

Il y avait à présent quatre personnes dans la grande salle de séjour obscurcie, toutes revêtues d'une combinaison blanche à capuche, d'un masque, de couvre-chaussures et de gants. Le chef de groupe demeurait à l'extérieur, près de la porte. Quant à Léa, elle attendait avant d'intervenir que les spécialistes de l'IJ* aient achevé leurs premières investigations. Ceux-ci progressaient par arcs de cercles concentriques, remontant les ondes jusqu'à la pierre lancée. Le cadavre de Pauline était la pierre lancée. Sous les instructions de leur principal, les deux agents spécialisés procédaient à une recherche d'indices. Le premier pulvérisait du Bluestar, un produit ultrasensible prenant une couleur bleue intense au contact du sang, même fortement dilué. Son collègue promenait sur la moquette la lumière verdâtre d'un CrimeScope, appareil permettant de mettre en évidence des cheveux, des fibres ou des petites taches organiques indétectables à l'œil nu. Ils découvrirent ainsi une trace frottée entre le canapé et la porte. L'un des agents photographia la marque, puis fit

* L'identité judiciaire (IJ) est un service de la police chargé de recueillir les éléments de preuves sur les scènes de crime.

signe à Léa. La procédurière s'approcha avec son matériel de prélèvement. Sa seringue étant inadaptée, elle prit un grattoir et scella un échantillon aussitôt numéroté.

Une fois la surface du sol et des meubles bas examinée, on ouvrit les stores. La lumière du jour entra, blanche. La dominante jaune-orange des murs et des bibelots, si sensuelle la nuit sous l'éclairage sophistiqué des petites lampes du plafond, donnait à la pièce, dans la crudité du néon solaire, un aspect de chambre mortuaire. La dignité en moins. Pauline, froide, reposait. Une large tache grenat sur sa poitrine accentuait la pâleur de ses traits. Le pire, c'était les yeux. Personne ne regardait ses yeux. Personne ne la regarderait plus dans les yeux. Un médecin de l'équipe du Pr Loural entra. On permit au substitut et à Kestner de se poster près de Varenne, en observateurs.

Léa prélevait le sang séché à l'écouvillon. Le technicien principal photographiait le corps sous tous les angles. L'un des agents de l'IJ raclait les ongles de la victime tandis que son collègue scrutait ses vêtements.

Le toubib s'approcha de Pauline. Après un examen superficiel, il lança joyeusement :

— Elle est morte !

Varenne détestait l'humour foireux des légistes. Ils n'avaient donc que ça pour se protéger de l'horreur ? Était-ce une tradition à respecter ? Ou l'envie de se croire dans un épisode de *Boulevard du Palais* ? Nul ! Il se dit qu'ils ne valaient guère mieux que ces universitaires capables de bousiller un collègue par l'intermédiaire d'une injure débile insérée dans une revue scientifique.

— Vers quelle heure ? bougonna-t-il.

— À première vue, je dirais entre une heure et deux heures du mat'.

— Quoi d'autre ?

— C'est propre. Un seul coup de couteau, violent, là où il fallait pour stopper net la machine. La pauvre n'a pas dû comprendre ce qui lui arrivait.

— Vous pensez qu'elle dormait au moment de l'acte ?

Le médecin montra la boîte de somnifères.

— Je suppose qu'elle en avait pris. L'autopsie nous le dira. Quoi qu'il en soit, la position du corps, le drapé des vêtements, la marque nette de la blessure et l'absence d'ecchymoses, sur les bras du moins, tout semble indiquer qu'elle n'a pas réagi.

— Violent, le coup, vous dites. Une femme aurait-elle pu l'asséner ?

— Sans problème ! À la lecture de la plaie, je présume que l'arme devait être redoutable. Un seul tranchant. Lame plutôt large.

Le commissaire Kestner rongeait son frein. Il était frustré, comme toujours dans ces cas-là. Aucune perquisition n'était possible pour le moment. Ils devraient attendre que les hommes de l'identité judiciaire aient terminé leur travail et que le corps ait été emporté. Il se contenta donc de passer sommairement en revue à distance l'ensemble des détails de la pièce.

— Tu as vu un téléphone mobile quelque part ? demanda-t-il à Léa. Tu lui as fait les poches ?

— Oui, il n'y en a pas !

— C'est bizarre... Juste une pochette vide oubliée dans le bar... Où est donc passé son portable ?

— Peut-être dans les meubles ?

Mais il n'y avait dans la pièce qu'une bibliothèque ouverte et un petit bar à la porte transparente. Aurait-il glissé sous le canapé ? Léa vérifia : il n'y avait rien, pas même de la poussière.

Tandis que le technicien principal prenait des mesures en vue d'établir un plan de masse de la pièce, les deux agents spécialisés commençaient la recherche d'empreintes. Pendant ce temps, l'examen préliminaire du cadavre se terminait. Une fois les premières déductions du médecin confirmées, Léa prépara le corps pour l'enlèvement : protection des mains, puis fourreau à glissière. Les employés des pompes funèbres venaient d'arriver.

Dehors, le soleil faiblissait.

Il était quelque chose comme midi et demi.

*

Châtenoy-Malaparte,
rue de l'Oiseau-du-Paradis,
au même moment

Piera ne voulait plus se lever. Elle passerait au lit le reste de son séjour en France. Téléphonerait à Isabelle pour lui demander de devenir sa nouvelle directrice de thèse et de lui rapporter de nouveaux échantillons de diatomites du Massif central. Elle les ferait venir dans sa petite chambre mansardée, ainsi qu'un microscope et une loupe binoculaire. Avec ça, elle bouclerait sa thèse du fond de son pieu. Et si les nouveaux cailloux n'étaient pas de bonne qualité ou différents de ceux qu'elle avait déjà étudiés, c'était sans importance. Finir, voilà tout ce qui comptait. Finir au plus tôt afin de quitter définitivement ce monde de la recherche qui n'était pas fait pour elle. Elle ne se lèverait qu'au moment de prendre le train pour rentrer à Florence.

Piera se retourna, tira sur sa couette – rose avec des poissons bleus – et faillit tomber tellement le matelas était étroit.

Plus de réunions de labo, plus de soirées entre thésards. Et surtout, plus de mecs à la libido dégoulinante. Fini les hommes ! C'était décidé : elle allait virer lesbienne. Comme Pauline.

Piera ne put s'empêcher dc sourire, malgré sa déprime. En dépit de sa brillante intelligence et de son arrogante réussite sociale, Pauline était tout de même un peu puérile de tenter de cacher son homosexualité comme une adolescente nigaude. Oh, vu les précautions extrêmes qu'elle prenait, il ne devait effectivement pas y avoir grand monde à avoir percé son secret. N'empêche, elle, Piera, elle avait deviné. Elle était fière d'être fine comme ça. Des petits riens l'avaient mise sur la voie, chaque fois qu'elle s'était trouvée face à elle : ses yeux pleins de paillettes qui ne pouvaient s'empêcher de se poser sur ses seins, une attention à son égard qui ne devait rien à sa position professionnelle, et, surtout, ces gestes de repli quand un homme passait en la regardant avec une trop grande intensité… Pauline aimait les femmes, c'était un fait. Pourquoi s'en cacher ? Elle n'avait pas à en rougir. On était au XXIe siècle, que diable !

Pauline avait-elle une amoureuse régulière ? Piera en était persuadée. Elle s'était même amusée à essayer de l'identifier, mais en vain. Pour le coup, les digues que la directrice avait bâties autour de ce secret-là étaient demeurées parfaitement étanches.

Piera allait devoir lui téléphoner dans la journée, à elle aussi. Pauline avait bizarrement réagi à son appel de la veille, lorsqu'elle lui avait déballé tous ses malheurs. Au lieu de consoler la thésarde ou de s'inquiéter de Vincent, elle avait donné l'impression de s'affoler. Mais pour son propre compte, pas par compassion pour son collègue gardé à vue.

L'atmosphère était décidément malsaine. Une ombre maléfique rôdait et polluait tout. Celle de Gaubert ?

Piera remonta sa couette jusqu'à la racine du nez. Elle ferma les yeux et s'immobilisa. L'image de Vincent vint la hanter. Elle l'aimait bien. Elle avait pitié de lui. Mais il fallait qu'il sorte de sa vie.

Elle se força à faire défiler dans sa tête le souvenir des chefs-d'œuvre de l'architecture florentine, qu'elle avait si souvent admirés dans son enfance.

Enfin, elle se sentit bien.

CHAPITRE 15

L'enquête de voisinage autour de la maison de Pauline Josse avait été vite expédiée. Secteur tranquille – l'un des derniers de la petite couronne – et habitants raidis dans le troisième âge, couchés dès vingt heures. Seuls le patron et les clients du bar connaissaient un peu la victime. Les autres voisins n'avaient même plus la curiosité – ou la force – de se traîner jusqu'à leur fenêtre pour espionner les alentours. Et la nuit, s'ils dormaient mal, ils se fermaient au monde pour écouter les entrechoquements de leurs souvenirs. Quant aux caméras de surveillance, macache ! On avait préféré les concentrer près du terminus de bus de la TVM. Bref, personne n'avait vu ne serait-ce que l'ombre de l'assassin.

La scène de crime n'avait livré ni empreintes, ni fibres, ni cheveux exogènes. La trace de sang frottée découverte sur la moquette était ancienne. Qu'elle appartienne ou non à Pauline Josse – l'analyse le dirait –, ça n'avait rien à voir avec sa mort.

Le meurtrier avait-il agi en scaphandre ?

Côté famille, pas grand-chose non plus. D'après le patron du bar, Pauline était fille unique et ses parents étaient décédés. Riwan avait reçu pour mission de dénicher les coordonnées de ses proches.

La perquisition de la maison eut lieu au début de l'après-midi, en présence du mastroquet à bacchantes et d'une vieille voisine ratatinée dont seuls les yeux gourmands vivaient encore. La cueillette fut maigre. Pas plus de téléphone fixe que de portable. Aucun ordinateur. Ni livres de climatologie, ni revues scientifiques. La directrice du laboratoire de Paléoclimatologie et Paléoenvironnement avait apparemment tracé une frontière hermétique entre sa vie privée et son activité professionnelle. La bibliothèque était riche d'ouvrages anciens – littérature du XIXe essentiellement. Rien qui aurait pu donner une indication sur sa vie intime : pas de lettres, pas trace de présence masculine. En réponse aux questions précises de Lerefait, le bistrotier fit sa timide, avant de finir par répondre que Pauline venait parfois s'abreuver et s'épancher dans son rade, épuisée par ses journées, rincée par les soucis. Rien à dire de plus.

Pendant que Dauverchin posait par écrit ses actes de procédure et que Bonboulot s'activait dans la maison de Pauline, Varenne et un brigadier prêté par un autre groupe d'enquête faisaient de même dans son bureau de l'I2EC, en présence d'une secrétaire de direction et d'un enseignant-chercheur du LPA.

Là, il y avait plus de choses à se mettre sous la dent, dont un agenda papier, un ordinateur et… un iPhone 6. L'appareil, clinquant, trônait, presque obscène, sur le plateau en merisier. Il n'était pas verrouillé. Varenne se précipita dessus, mais se garda bien de tapoter l'écran. Déception : ce mobile n'était pas compatible avec les dimensions de la pochette oubliée par Pauline *Aux âmes jaunes*, adaptée à un petit téléphone à touches. Le commandant était intrigué. Rares sont les personnes qui quittent leur lieu de travail en y laissant leur smartphone. Pauline semblait attacher plus d'importance à son petit mobile à clavier introuvable qu'à son joujou high-tech… Varenne le déposa dans une mallette de transport blindée. Ce nouvel outil récemment acquis par le service avait pour fonction de convoyer les téléphones sous tension en les empêchant de se relocaliser en chemin, ce qui aurait pu écraser des données fraîches de la carte SIM.

Varenne s'intéressa ensuite à la commode, un meuble qui jurait dans ce bureau fonctionnel. Il aurait été plus à sa place dans une chambre de vieille, à la campagne. Un tiroir attira singulièrement son attention. Il l'ouvrit avec une clef qu'il finit par trouver glissée sous un sous-main. Son regard se fixa sur une série de chemises portant le nom des membres du LPP. À l'intérieur, des copies de papiers officiels, des notes manuscrites, toutes de la même main – probablement celle de Pauline Josse – et divers documents dont la divulgation aurait pu gêner les personnes mentionnées.

« Un tiroir aux affaires compromettantes », songea le commandant avec satisfaction.

Varenne compulsa rapidement les papiers, en s'arrêtant plus longuement sur le dossier Gaubert. La directrice semblait être bien informée. Rien de bien préjudiciable, mais tout de même : des ragots, des notes personnelles sur le comportement du professeur lors de telle ou telle réunion, le nom des étudiantes avec qui il aurait eu « une attitude inappropriée ». Et, évidemment, l'extrait de l'article où Lacourt était mis en cause, ainsi qu'un historique succinct de l'affaire, rédigé de la main de Josse. Celle-ci devait entretenir un réseau d'espions. Elle gardait là de quoi faire marcher droit sa fine équipe de collègues ingérables.

— Bon, on embarque tout ça ! dit-il au brigadier.

L'enseignant-chercheur et la secrétaire conviés en tant que témoins semblaient très mal à l'aise. Une fois le P-V signé, on les autorisa à sortir et ils en furent soulagés.

*

15 heures

Tandis que le brigadier rapportait leur butin au Quai dans la voiture, Paul entreprit de rendre visite à Piera Francalanci. On lui avait dit à l'Institut qu'elle était alitée. Elle n'allait tout de même pas perdre la raison, elle aussi ? Apparemment, personne ne l'avait encore prévenue de la mort de Pauline Josse. Et comme il était peu probable que l'Italienne s'intéresse aux journaux radio ou télédiffusés, il aurait peut-être la chance de pouvoir surprendre sa réaction à chaud.

Paul arpentait les rues de Châtenoy-Malaparte sous un soleil fragile. Les gens se croisaient en se faisant des signes de tête cordiaux, mais ils ne s'adressaient pas la parole : si ce n'était plus Paris, ce n'était pas encore la province. La circulation mettait les rues sous pression, même à cette heure creuse. Le commandant vérifia l'adresse sur son plan. C'était à deux pas, dans un quartier sillonné de venelles aux noms d'oiseaux. Celui du Paradis désignait une rue pleine de porches, de bars et de boîtes de nuit. Il trouva le numéro qu'il cherchait gravé sur un immeuble plus que centenaire. Façade décrépite, porte rouge, hall propre et escalier en bois. Il monta jusqu'au palier du second. Frappa. Le battant s'entrouvrit à la troisième volée de coups. Piera apparut en nuisette, le dos voûté et les traits défaits. Elle retourna se coucher en laissant la porte ouverte. Varenne se percha sur l'accoudoir d'un canapé hors d'âge, comme un corbeau sur sa branche.

— J'ai une mauvaise nouvelle à vous apprendre, mademoiselle Francalanci, dit-il.

La belle eut l'air stupéfaite à l'annonce de l'assassinat de Pauline. Elle pleura, mais sans excès. L'opinion de Varenne se forgea sur-le-champ : l'Italienne ne trichait pas. On peut simuler l'outrance, pas la mesure. En tout cas pas avec cette contenance. Dès lors, pourquoi s'attarder ? Piera avait-elle quelque chose à lui apprendre ? Il la questionna avec des mots choisis.

— Que voulez-vous que je vous dise ? hoqueta-t-elle. Vos collègues m'ont déjà longuement interrogée hier, vous ne vous en souvenez pas ?

— Il s'est passé des choses depuis...

Après un instant d'hésitation, l'étudiante révéla qu'elle avait appelé Pauline la veille. Varenne haussa un sourcil, ce qui accrut la disharmonie de son visage.

— Vous lui avez téléphoné le soir de sa mort ? répéta-t-il, intéressé. À quelle heure ?

Piera réfléchit.

— Un peu avant dix-neuf heures.

— Que lui avez-vous dit ?

— Je lui ai raconté mon passage chez vous. Il fallait que j'en parle à quelqu'un, vous comprenez ?

Varenne acquiesça, agacé.

— Et je lui ai annoncé la garde à vue de Vincent.

— C'est tout ?

L'Italienne hésitait. Devait-elle tout dire à cet étrange flic osseux ? Elle scruta le visage de traviole aux yeux inquisiteurs, cherchant à mesurer le degré de confiance qu'elle pouvait lui accorder. Son examen dut finir par être concluant puisqu'elle poursuivit :

— Je lui ai aussi révélé le vol de mes cinq échantillons et le message de Gaubert déposé sur mon bureau, celui où il menaçait une étudiante pour qu'elle réponde à ses avances.

— Pauline Josse n'était pas au courant de cet incident ?

— Non, je ne crois pas. J'avais gardé ça pour moi. Le seul que j'avais mis dans la confidence, c'était Vincent.

— Comment a-t-elle réagi en l'apprenant ?

Voilà, ils y étaient. Piera aspira une bouffée d'air et remonta son drap jusqu'au menton.

— Mal. Très mal même. Elle s'est affolée, m'a fait plusieurs fois répéter ma phrase.

— Concernant la lettre de Gaubert ?

— Oui. C'est bien ça qui l'a fait bondir, pas l'annonce de la garde à vue de Vincent ! Je vous assure que la réaction de Pauline était disproportionnée. Malgré la tension extrême que connaît l'Institut depuis la mort de Gaubert, je ne l'avais encore jamais sentie dans un tel état de nervosité.

Varenne était intrigué.

— Et vous avez une explication ?

Piera secoua la tête et se retourna brusquement, signifiant ainsi la fin de l'entretien.

Le policier se leva. Il était sur le point de quitter la pièce, lorsque l'Italienne lui lança d'une voix étouffée :

— Je crois que Pauline avait une amie…

— Une amie ?

— Une amie intime, oui.

CHAPITRE 16

Quai des Orfèvres
18 heures

Briefing général autour de Riwan Menguy. Celui-ci, un temps ébranlé par la crise de Vincent Béasse, avait retrouvé son enthousiasme de bleu. Le lieutenant aux doigts de fée et au savoir-faire high-tech était devenu l'oracle du groupe. Il était la pythie des Orfèvres. Ses adeptes attendaient patiemment et en silence que le grand prêtre daignât apporter des bribes de réponses à leurs obsédantes interrogations. Varenne s'en désolait, mais il n'y pouvait rien : les méthodes policières à l'ancienne étaient bel et bien révolues. Une enquête, à présent, c'était des chiffres qui défilaient sur des écrans d'ordinateur, des sigles barbares – « Spy Sweeper », « FAED », « FNAEG » … – et des communications quotidiennes avec les fournisseurs d'accès Internet et les opérateurs de téléphonie mobile. Maigret était mort, son fantôme dissous dans la ringardise. Ne restaient de cette époque de fumeurs de pipe que les locaux vétustes du 36 et… la nostalgie des anciens.

Tout le groupe était présent à l'exception de la procédurière, retenue en contrôle d'expertise dans les locaux de l'identité judiciaire.

Menguy, le *geek*, se racla bruyamment la gorge.

— J'ai survolé le contenu du disque dur de Pauline Josse, dit-il. A priori rien que des docs et des dossiers professionnels. Il n'y a pas que dans la police qu'on est envahi par les procédures. Apparemment, la direction d'un labo de recherche, ça occupe, et c'est surtout de l'administratif. Josse n'avait plus beaucoup de temps pour faire de la recherche active.

Kestner arriva à temps pour saisir à la volée les dernières paroles du Breton. Elles lui rappelèrent que lui aussi était devenu un bureaucrate. Son humeur s'en ressentit aussitôt.

— Ce n'est pas sa recherche qui nous importe, mais la tienne ! le pressa-t-il. T'as accès à son courriel perso ?

— Je n'ai pu consulter que sa messagerie professionnelle. Rien d'intéressant. J'ai plus d'espoir du côté de sa boîte aux lettres privée, mais là, les messages ne sont pas directement visibles. J'attends que l'opérateur Internet nous livre les infos données par Pauline lors de son inscription et nous permette d'accéder à son mot de passe. Mais c'est pas immédiat, comme d'hab'.

— Tu peux ouvrir la serrure virtuelle avec tes petits logiciels, non ? lança Varenne.

— La dernière fois que j'ai fait ça, la taulière m'a tapé sur les doigts ! Paraît que ça peut fragiliser la procédure. Si t'y vois pas d'inconvénient, je préfère attendre que la voie s'ouvre officiellement.

Le chef de groupe en vint au cœur du problème :

— Quid du côté de la téléphonie ?

Riwan quitta son siège pour s'approcher de sa fenêtre. Mais il résista à la tentation de regarder le ciel et c'est en faisant face à ses collègues qu'il proféra d'un ton druidique :

— Pauline n'est enregistrée que pour un numéro, celui de la carte SIM trouvée dans son bureau. Nous avons vérifié que c'est ce numéro-là qu'elle a communiqué à son entourage. Or, l'étui rapporté par le patron du bar n'est pas adapté au format de l'appareil porteur de cette carte. Le bistrotier nous jure par ailleurs qu'il l'a vue manipuler un portable de couleur claire dans son bar.

— Elle avait donc deux téléphones et l'un a disparu ! conclut Kestner.

— Mais le second aurait dû être enregistré aussi, s'étonna Lerefait. Même s'il est à carte prépayée, elle aurait dû laisser ses coordonnées au vendeur. Je suppose que tu as vérifié, Riwan ?

— Oui, oui, j'ai contacté tous les opérateurs. Je répète que Pauline Josse n'est enregistrée que pour un numéro ! Tu sais, en faisant un peu gaffe, c'est pas si compliqué de rester anonyme derrière un portable – d'un modèle ancien de préférence. Il suffit de se procurer avec une fausse identité, dans une boutique pas trop regardante, une carte SIM fournie par un opérateur *low cost* qui n'a pas les moyens de vérifier ton pedigree au moment de l'activation.

Paul Varenne braqua un visage désemparé vers le commissaire, lequel lui retourna un regard aussi troublé. Ce n'était pas tant la disparition du portable qui les interloquait que d'apprendre que Pauline Josse s'était prêtée à ce genre de pratique douteuse. Étant donné sa position sociale, seule une raison majeure avait pu la pousser à faire ça.

Pauline Josse avait quelque chose à cacher.

... Ou quelqu'un.

— L'iPhone trouvé dans son bureau a été autopsié par l'IJ ? demanda Varenne.

— Oui, opina Menguy. Là aussi, c'est pauvre. Répertoire copieux, mais strictement professionnel et géoloc', zéro ! Dernier lieu d'utilisation, l'Institut, pour recevoir l'appel dont t'a parlé la petite Francalanci. Je confirme ses dires : Piera est bien la dernière personne à l'avoir contactée. Sur cet appareil, du moins. À 18 h 41. (Il haussa ses épaules étroites.) Bref, l'analyse de l'iPhone pourrait faire croire qu'il n'y avait que le boulot dans la vie de la directrice.

— On devine pourtant que c'est faux... réfléchit Paul.

Kestner :

— T'as reçu le listing de ses derniers appels ?

— Il y a une heure. J'ai à peine eu le temps d'y jeter un œil. À ce que j'en ai vu, la plupart de ses contacts récents sont dans son répertoire : que du professionnel, donc. Et rien à chercher du côté de la famille, puisque ses parents sont morts. Pas trace d'amis hors milieu universitaire.

Devant la mine déconfite de ses collègues, il crut bon d'ajouter :

— J'attends les numéros qui ont transité hier soir par la borne relais arrosant l'impasse de Josse.

— Tu les auras rapidement ? demanda Bonboulot.

Menguy se fendit d'un sourire.

— Pas de problème ! se vanta-t-il. J'ai mes copains chez les opérateurs. Je gère mieux la téléphonie qu'Internet.

— Procure-toi l'annuaire du LPP ! ordonna Paul. Non, plutôt celui de l'Institut. La liste des numéros privés du personnel. Ils doivent tenir ça à jour. Et, bien sûr, réquise pour les fadettes* des quidams qui nous intéressent, si ce n'est déjà fait. Et vise large. Tu vérifieras si un numéro matche avec ceux qui ont transité par l'antenne.

Riwan acquiesça. Le groupe se décomposa lentement, chacun retournant à ses activités.

* Factures détaillées.

Il n'était pas encore l'heure de rentrer. Le travail apaisait un peu les policiers. Mais les esprits dans le groupe demeureraient tourmentés tant que l'affaire ne serait pas résolue.

Ils étaient au trente-sixième dessous.

Un bon flic vit son enquête comme un proche de victime : pour pouvoir faire son deuil, il doit comprendre le fin mot. Beaucoup de policiers sont devenus des âmes en peine pour n'avoir pas su résoudre une affaire.

Menguy regardait les nuages. Lerefait était sorti. Après un café rapide deux étages en dessous, il rejoindrait Léa à l'IJ. Kestner s'apprêtait à en faire de même lorsqu'il fut retenu par Varenne.

— T'as une minute ? fit ce dernier. J'aimerais qu'on cause de ce que m'a dit Piera cet après-midi.

Il avait commencé la réunion de groupe en faisant un résumé de sa conversation avec la jeune femme. Mais, apparemment, il restait des scories à vider au fond de son sac à soucis. Se confier à son chef de section le rassurait.

— L'affolement de Pauline au téléphone, t'en penses quoi ?

Kestner se rassit. Il saisit une tasse vide et joua avec.

— C'est curieux, dit-il enfin. Et juste avant qu'elle se fasse tuer. La coïncidence est pour le moins frappante. Tu es certain que c'est la lettre de Gaubert qui l'a fait réagir ?

— Piera a été formelle.

Varenne sortit une copie du document en question d'une chemise qui traînait sur son bureau et la tendit à son boss. Kestner saisit le torchon, un texte infect dans lequel le bon Pr Gaubert utilisait toutes les ressources de sa rhétorique pour convaincre l'une de ses étudiantes de coucher avec lui. Oh, il ne le disait pas de cette façon et les menaces n'étaient pas explicites. Mais pour qui savait lire entre les lignes, elles étaient bien réelles. Bref, Gaubert faisait comprendre à la jeune fille qu'il s'arrangerait pour qu'elle n'ait aucun avenir dans le petit monde de la climatologie si elle ne passait pas dans son lit. Et le fait d'avoir écrit de sa main, à l'ancienne, un texte aussi compromettant témoignait de l'incroyable arrogance du professeur. Il n'avait probablement pas imaginé un instant que la fille aurait pu avoir le cran de montrer sa lettre à une tierce personne…

Kestner reposa le brûlot et reprit sa tasse, impassible. Il jouait avec la petite flaque de café, tout au fond. Après une longue réflexion, il exposa d'une voix monocorde les prémices de sa nouvelle théorie en germe :

— Si tu veux bien, mettons côte à côte – et dans le bon ordre – les derniers éléments en notre possession : (1) Pauline possédait un « tiroir-aux-affaires-compromettantes » grâce auquel elle espérait pouvoir tenir ses troupes ; (2) étrangement, on n'y a rien trouvé de bien croustillant sur Gaubert, alors que celui-ci était, de l'avis général, le plus amoral de toute la bande ; (3) quand Piera lui a révélé le coup de la lettre de Gaubert déposée sur son bureau, Pauline a littéralement paniqué. Que peut-on déduire de tout cela, Paul ?

Placés dans cet ordre, les indices offraient un angle de lecture original. Le logiciel neuronal du chef de groupe se reboota aussitôt, avec pour résultat :

— La réaction de Pauline est certainement révélatrice de quelque chose en relation avec la fameuse lettre. Elle ne savait pas qu'on l'avait déposée sur le bureau de Piera, mais peut-être n'en ignorait-elle pas l'existence ?

Le commissaire reposa bruyamment sa tasse.

— C'est aussi mon avis ! Il est vraisemblable que, à la suite du harcèlement dont elle était victime, l'ex-étudiante ait averti la directrice du labo, ne serait-ce que pour protéger ses arrières. (Varenne sourit, mais ne releva pas.) Elle lui aurait remis la lettre de Gaubert en guise de preuve. Pauline aurait-elle dès lors fait la leçon à son fantasque confrère ? Possible mais pas certain. Ce dont je suis persuadé, en revanche, *c'est qu'elle a rangé la lettre dans son tiroir*, dans l'espoir d'entrer ainsi en possession d'un puissant levier pour pouvoir à l'avenir agir sur Gaubert et l'empêcher de reproduire un tel comportement déviant.

Varenne s'agitait à présent comme une marionnette à laquelle l'on aurait coupé les fils.

— Comme le message trouvé par Piera sur son bureau était manuscrit, il devait s'agir de l'original…

— … Lequel aurait été prélevé directement dans le « tiroir-aux-affaires-compromettantes » de Pauline…

— … D'où sa panique au moment où Piera lui révèle l'affaire : la directrice se rend soudain compte que *quelqu'un a volé la lettre dans son propre bureau*, pour s'en servir dans ses magouilles en vue de séparer Gaubert et Piera !

— Restent deux questions, intervint Menguy, silencieux depuis le début de la conversation. La première, c'est : qui était au courant de l'existence de ce fameux tiroir ?

— Probablement peu de monde, étant donné la culture du secret chez Josse, fit Kestner. Elle avait sans doute prévenu Gaubert de son acquisition, afin de pouvoir s'en servir comme moyen de pression. Mais quant à lui imputer le vol…

— Quelles serrures à la porte de Josse et sur sa commode ?

— Le canon du bureau est différent de ceux des autres pièces du LPP, expliqua Varenne. C'est une serrure radiale, mais de basse qualité. Crochetable. Quant à la commode, elle est protégée par une bonne fermeture d'un modèle ancien. Une clef 999 en viendrait facilement à bout. Ou alors notre fouineur s'est tout simplement servi de la clef que Pauline avait laissée sous son sous-main.

— Et la seconde question, c'est : pourquoi deux téléphones ?

— Mouais... marmonna le chef de groupe en se rasseyant. Un pan de l'existence de Pauline nous échappe. Est-ce que cette histoire de téléphones est en relation avec l'éventuelle copine évoquée par Piera ?

Riwan retourna à sa contemplation des toits. En bon Celte, il imaginait ce qu'il ne voyait pas.

CHAPITRE 17

Vendredi 6 avril
I2EC
8 h 15

Colin Lacourt était toujours très ponctuel. Il gardait cette habitude du temps de sa thèse. Pendant quatre ans, jour après nuit, il avait scrupuleusement trié, compté, analysé des diatomées fossiles, pour finalement exposer ses résultats dans un document de quatre cents pages, plein de dessins faits à la main. Son point d'honneur avait été de présenter un beau travail parachevé. Mais la rédaction avait été longue et, à sa soutenance, tout en le félicitant pour ses résultats, on lui avait reproché son année de retard. Et lorsque, plus tard, il avait candidaté à un poste de chercheur, son extrême méticulosité, d'atout, s'était transformée en handicap. Colin s'était trompé d'époque. On voulait à présent des communicants aux dents longues dotés d'un impressionnant carnet d'adresses, et non des tâcherons perfectionnistes. Lacourt avait dû se rabattre sur un poste d'ingénieur, avec peu de responsabilités et aucun espace de liberté. Mais avec le temps, il s'était rendu compte que son emploi lui convenait. Se battre pour défendre un projet scientifique, diriger des thèses, collaborer, rédiger des articles, tout cela, il n'aurait pas su faire. Si Gaubert et ses disciples n'avaient pas existé, il aurait même pu être heureux dans cet Institut.

Jacques était parti, maintenant.

Tout comme Vincent, Piera, Pauline et Isabelle.

Colin triait ses diatomées seul dans la salle de préparation.

Il ne pensait plus à rien.

*

Quelque part dans la forêt de Verrières,
un bâtiment à deux étages
9 heures

La pluie était revenue. Presque une pluie d'hiver. Elle ne tombait pas dru, mais insistait, collante.

La vitre était un labyrinthe éphémère aux cloisons invisibles. Les gouttes balançaient sur la direction à prendre. Quand, après une longue hésitation, elles avaient fait le choix d'une route, au dernier moment, pressées par les suivantes, elles changeaient d'avis. Jamais elles n'allaient tout droit.

La gouttière était une cymbale. Le bruit de l'eau contre la tôle apaisait. L'hôpital était plus silencieux qu'à l'ordinaire, chacun écoutant dans sa chambre la musique du climat. Les bribes de souvenirs affluaient dans les têtes malades. Des larmes coulaient sur les joues parcheminées, avec cette même indécision que les gouttes sur les vitres, sauf quand elles se glissaient dans la vallée d'une ride profonde.

Vincent Béasse reposait dans une pièce blanche sans décor. Ses esprits revenaient par fragments. Ils se cherchaient telles les pièces mouvantes de deux puzzles emmêlés. Chaque emboîtement lui procurait une courte jouissance. Dans son fond de conscience, il lui paraissait alors que sa vie se reconstituerait bientôt. Mais les morceaux se détachaient et le plaisir se transformait en douleur.

Une infirmière le visitait souvent. Toujours la même. En fait non, mais comme il ne la reconnaissait pas, il croyait que c'était toujours la même. Il la trouvait jolie.

Vincent avait une vague conscience de ce qui s'était passé. Il aurait été incapable de l'expliquer, mais il sentait. Gaubert lui rendait visite en fantôme narquois. Pauline et Isabelle, il les évoquait sous la forme d'un corps à deux têtes. De Piera, il ne voyait que les yeux mouillés, démesurément grandis par sa passion et son délire. Il marmonnait son prénom.

Une longue période de transition s'ouvrait pour Vincent, qu'il passerait dans cet établissement de soins, puis il irait dans un centre de repos. Peut-être en thalasso.

Une fracture psychologique, ça ne se résorbait pas comme une cassure osseuse. Longtemps, des esquilles lui tourmenteraient l'entendement. Pas certain qu'il puisse un jour reprendre ses activités professionnelles. Un bon chercheur, c'est fragile comme un artiste.

*

La plupart des nombreux bars de l'île de la Cité étaient formatés pour les touristes ou servaient d'annexes au Palais de justice. Mais il y avait rue de la Colombe un établissement méconnu. Il s'appelait *Au Colombier*. C'était l'un de ces troquets vieille province, devenus introuvables sinon au cœur de Paris : troublante contradiction. Une fenêtre à meneaux éclairait – mal – une petite salle carrée, où des tables couvertes de toiles cirées accueillaient sans fond sonore quelques discrets habitués. Sol à grands carreaux beiges et grenat. Ambiance étudiée. Le propriétaire était un ancien de la Sorbonne. Il passait ses journées à lire des classiques derrière un comptoir bicentenaire. Jamais il n'adressait la parole à ses clients. Les prix étaient marqués à la craie sur une ardoise portant aussi cette mention : « Payez juste, payez large, peu me chaut ! Mais ici, on ne rend pas la monnaie ! »

Franck Kestner et Marie Sertillanges s'y retrouvaient discrètement deux fois par semaine, pour chuchoter quinze minutes à l'écart des collègues.

Ce vendredi-là, les deux policiers partageaient l'espace avec un couple d'étudiants bécoteurs. Ils se sentaient en phase avec eux. Marie faisait à son ami un compte rendu officieux de l'enquête sur laquelle travaillait son groupe : un meurtre de nourrisson en contexte familial tendu. Tout ce qu'elle détestait. La mère était coupable, aucun doute. On l'avait mise au frais en attendant que parlent les marques sur le cou de l'enfant. Les techniciens de l'identité judiciaire étaient sur le point de faire éclater la vérité. Cette ambiance pourrie rendait sa cheffe de groupe encore plus nerveuse qu'à l'habitude. Le commissaire proposa d'intervenir pour la recadrer, mais Marie refusa net. Elle lui dit de ne pas se mêler de ça et de continuer à se consacrer à l'affaire Gaubert, autrement plus complexe et intéressante. Franck acquiesça. Il prit les mains de son amie et ouvrit une bouche pleine d'une tirade amoureuse méditée depuis la veille, lorsque la porte du bar s'ouvrit à la volée, faisant de surprise sauter *Les Liaisons dangereuses* des mains du bistrotier-sorbonnard. Un exemplaire plein veau, qu'il rattrapa de justesse. C'était Riwan

Menguy. Le Breton se sentit immédiatement agressé par le regard bitumineux de Kestner. Le jeune lieutenant prit son courage à deux mains avant de se diriger vers lui.

— Comment t'as su que j'étais ici ? grogna d'entrée le commissaire, rouge pivoine.

Comme la plupart des amoureux, Kestner croyait que le couple qu'il formait avec Marie était à la fois le centre du monde et hors du monde. Rien n'était plus important pour lui et, en même temps, il s'étonnait que ses collaborateurs puissent se douter de quelque chose. Il prétendait garder secret ce qui en fait se voyait comme un poisson à travers la paroi d'un aquarium. Son amour nageait dans une boîte transparente.

— Euh… Eh bien, il fallait que je vous parle d'urgence.

Ce n'était pas une réponse. Ça tombait bien, Kestner ne souhaitait pas réellement en avoir une. Marie pouffait, tête baissée. Riwan s'assit et commanda un café.

— J'ai une info de première bourre ! lança-t-il, les yeux brillants.

Malgré lui, Kestner dressa l'oreille.

— Les bornages ?

— Oui, ils m'attendaient à mon arrivée au bureau ce matin. J'avais demandé le listing complet des appels qui ont transité par la borne arrosant l'impasse de Pauline Josse le soir du crime entre dix-neuf heures et deux heures du matin – heure limite de sa mort, selon le légiste.

— Et alors ?

— Il y a eu plusieurs dizaines de communications dans cet intervalle. J'ai isolé un appel depuis un numéro inconnu et en croisant avec les fadettes des membres du LPP…

— Ne me dis pas que tu peux démontrer qu'un scientifique de l'Institut était dans le coin avant-hier soir ?

— Non, non, tout de même pas ! Mais l'appel depuis le numéro inconnu était dirigé vers le portable de l'un d'eux. De l'une d'elles plutôt…

Le café venait d'arriver. Riwan y trempa ses lèvres. Il attendit le premier geste d'impatience de son taulier pour lâcher :

— Isabelle Theil-Eisen ! Quelqu'un a contacté Isabelle Theil-Eisen depuis la Croix de Berny mercredi à 23 h 56 avec un téléphone fantôme !

Kestner sursauta.

— Theil-Eisen ? Mais elle était en route pour le Massif central !

— Je ne vois pas en quoi ça l'aurait empêchée de répondre au téléphone… Et de toute façon, non ! Elle n'est partie qu'hier, tôt dans la matinée.

— Ce qui veut dire qu'elle était encore en région parisienne mercredi soir ?

— Oui. Paraît qu'elle et ses deux gusses de thésards avaient pris plusieurs heures de retard, ayant découvert qu'une partie de leur matériel de terrain avait été bousillée par un vandale.

— Un vandale ?

— Sans doute un ivrogne qui s'était introduit dans les locaux la nuit précédente. Quoi qu'il en soit, une fois les bagages reconstitués, Isabelle a préféré attendre le lendemain matin pour partir, afin d'éviter de faire la route de nuit.

— Le numéro inconnu serait celui du second portable de Pauline Josse ?

— C'est en tout cas un numéro sans identité.

Le commissaire se renfrogna, pensif.

— Donc Pauline a appelé Isabelle dans l'intervalle de temps entre le coup de téléphone de Piera – 18 h 41 – et sa mort. Plutôt troublant…

Il frappa soudain la table de sa paume.

— Quelle merde ! Je ne me suis pas préoccupé de Theil-Eisen, pensant qu'elle était sur la route au moment du meurtre. Et je crois que Paul a dû faire la même erreur. Il va falloir qu'on la remette d'urgence dans le jeu. Merde !

CHAPITRE 18

Le plateau du Coiron, situé en Ardèche, sur la bordure orientale du Massif central, est une vaste table basaltique découpée par de riantes vallées. Mais les habitants nient cette unité géologique. Ils préfèrent mettre leur petite région au pluriel. En brisant le tableau, ils font exploser la diversité *des* Coirons. Le voyageur de passage peut ainsi découvrir des paysages variés, façonnés par les événements volcaniques qui ont comblé l'ancienne vallée de l'Ardèche il y a plus six millions d'années : coulées de lave, petits cônes isolés, cratères transformés en lacs… Les coteaux sont recouverts d'une flore drue dominée par le chêne pubescent, lequel laisse la place au pin sylvestre dès que la pente s'élève. Quant à la faune, riche quand elle est sauvage, elle devient singulièrement bovine une fois domestiquée.

Isabelle Theil-Eisen et ses deux étudiants s'étaient installés dans une ferme traditionnelle pour leur séjour dans les Coirons : une imposante bâtisse au toit à faible pente, dont l'entrée principale, surélevée, dominait un long escalier sous tuiles.

En ce milieu de matinée, la voiture des trois scientifiques progressait lentement sur une route indiquée comme carrossable sur la carte IGN, mais en fait seulement praticable par les 4×4. Heureusement, Isabelle avait eu la présence d'esprit de réserver une partie de son budget de mission à la location d'un tel véhicule. Ils en avaient pris possession à Paris et étaient arrivés à son bord la veille en milieu d'après-midi. La fin de journée avait été consacrée à leur installation dans la ferme, qu'ils occuperaient seuls. L'une des annexes, une ancienne fromagerie, avait été équipée en mini-laboratoire avec matériel de broyage de roches, réactifs chimiques et microscopes. Le soir venu, nos scientifiques avaient joyeusement dîné à la belle étoile. Ils étaient coupés du monde. C'était ce qu'ils voulaient. Ils n'avaient apporté qu'un smartphone pour trois, en cas de problème, qui resterait éteint dans la boîte à gants de la voiture. Comme ils se doutaient que la contrée qu'ils allaient arpenter était pauvre en antennes relais, ils n'avaient pas vu l'utilité de s'encombrer de ces maudits fils-à-la-patte. « Ce serait plus *fun* ainsi », s'étaient-ils dit.

Leur 4×4 – une Toyota rouge encore robuste malgré quelque chose comme cinq années de service – serpentait entre volcans et vallées. Isabelle Theil-Eisen conduisait. Dès qu'un segment de droite rompait la monotonie des zigzags, elle penchait la tête vers la fenêtre ouverte, pour se gorger d'air. Sa coiffure blonde mi-longue traçait alors des traits derrière elle, comme on le voit aux gens motorisés dans les BD.

Le couple d'étudiants se serrait sur le siège passager, pourtant assez large pour accueillir deux bons séants. Alex et Apolline. À l'Institut, leurs condisciples les nommaient « Double A ». A comme « Amour », A comme « À jamais ». Ils travaillaient ensemble, dormaient ensemble et s'aimaient. Le couple modèle.

Apolline était une petite brune à l'air autoritaire, fringuée treillis militaire et rangers. Quand on lui adressait la parole, elle tournait la tête si brusquement que ses lunettes à large monture manquaient de déchausser à chaque fois. Nez en trompette et lèvres de trompettiste, elle était fille de musiciens. Sa partition préférée à elle, c'étaient les fines pages de diatomites. Elle semblait contente d'être là. Cela se voyait à la paume qu'elle avait posée sur la cuisse de son compagnon. D'ordinaire, elle s'abstenait de tout geste tendre en public. Elle aimait donner l'image d'une femme froide. Comme sa patronne. C'était préférable pour sa future carrière.

Alex était un gars doux. C'est toujours ainsi dans les couples formatés pour durer, quand la fille a du caractère. Ce n'est pas qu'il n'en avait pas, de caractère, Alex, mais il préférait ne pas extérioriser ses émotions. Alors il souriait souvent. Et quand il ne souriait pas, il prenait un air studieux, à contretemps. Lorsque, dans un bar, tout le monde plaisantait autour de lui, Alex se composait une tête de bachelier repassant ses cours. Et dans la salle de préparation de l'Institut, après d'interminables heures de microscopie, il gardait un air béat quand ses compagnons s'étiraient et soupiraient de lassitude. Alex était en déphasage permanent, ça lui donnait un charme fou. Il était habillé d'un jean, d'une veste de toile écrue et d'antiques chaussures de marche. À cette heure, ni sérieux, ni souriant, il regardait la main d'Apolline posée sur sa cuisse. Et levait haut les sourcils, semblant étonné. En fait, il songeait aux diatomites vers lesquelles les menait leur bagnole. En dépit des apparences, il était tout excité.

La route enserrait en spirale un mont volcanique de taille moyenne, surmonté d'un ancien cratère dans lequel un lac s'était installé il y a bien longtemps, avant d'être comblé par des dépôts de diatomites. Encore un virage et une carrière apparut. Une immense tranchée creusée dans une roche étincelante. Un miroir démultipliant la clarté solaire.

Isabelle gara sa voiture comme on jette un sac usagé. Elle se précipita, courut presque, vers le front de carrière, libérant derrière elle des nuées de poussière. Quand les deux étudiants la rejoignirent, elle était déjà à genoux. Elle séparait les tranches de diatomites d'un bloc isolé, comme on détache les pages collées d'un vieux livre. Elle l'avait choisi au hasard, à titre d'apéritif. Et apparurent des dizaines de feuilles, des bourgeons, des petits animaux, le tout parfaitement fossilisé. Isabelle jappa de bonheur.

Les diatomites sont des roches produites par l'accumulation de débris siliceux de diatomées dans d'anciens lacs. Elles sont constituées de lamines de moins d'un millimètre d'épaisseur, chacune d'elles représentant un an de sédimentation. En conditions de climat froid, la couleur du dépôt varie en fonction des saisons : teinte claire au printemps et en été, sombre en automne et en hiver, quand s'accumule la matière organique. En comptant les niveaux blancs et noirs, on compte les semestres. Ces roches étonnantes sont donc bien plus que des livres aux pages bicolores, elles sont aussi des calendriers. Ainsi que des herbiers géants. L'enlisement rapide des organismes dans un tel milieu aseptique permet en effet la parfaite conservation des feuilles tombées dans le lac et des petits animaux y ayant vécu.

Dans les deux semaines à venir, le travail d'Isabelle et des thésards serait de faire des prélèvements à différents endroits de la carrière. Couche par couche, ils suivraient l'évolution de la flore fossilisée sur deux cents ans. C'étaient les premiers résultats de cette étude, obtenus lors de précédentes missions, qui avaient été publiés dans le fameux article aux remerciements foireux.

La carrière était gigantesque. Elle avait été abandonnée récemment, sans doute à cause d'une baisse de rentabilité*, et le site n'avait pas encore été remis en état, comme l'exigeaient les textes réglementaires. Équipés de lunettes de protection et de masques, les trois scientifiques travaillaient à une cinquantaine de mètres l'un de l'autre. Ils connaissaient le site, savaient exactement quoi et où chercher. S'ils parvenaient à mener à bien leur mission, ils disposeraient d'un archivage ultraprécis de l'évolution du réchauffement global il y a un peu plus de cinq millions d'années. Et pourraient établir un parallèle avec les changements du climat aux XXe et XXIe siècles, en faisant la part des causes naturelles et des facteurs humains. Leur travail servirait peut-être ensuite de guide aux politiques énergétiques.

Les yeux d'Isabelle brillaient d'excitation derrière ses épaisses lunettes. Elle frappait la roche pulvérulente avec un petit marteau. Chaque coup générait une nuée de diatomées, qui, tel du grésil, venaient cogner contre son masque.

Elle aimait cette musique. Les algues ne la tueraient pas, elle. Elle ne s'appelait pas Jacques Gaubert, elle.

---

* La diatomite est exploitée pour divers usages industriels, comme la filtration de la bière, la fabrication d'abrasifs ou de pesticides biologiques.

Gaubert, cet infâme copieur, ce profiteur qui courait après les locomotives du labo pour y accrocher son petit wagon merdique ! Qu'avait-il produit, ce guignol de chercheur ? Que dalle ! Sa carrière, il la devait à son entregent, à son manque de scrupules et à un carnet d'adresses alimenté à coups de magouilles et de flagorneries.

Isabelle leva le bloc rocheux qu'elle tenait en main et s'adressa aux diatomées fossiles en murmurant :

— Vos descendantes ont bien bossé, les filles ! Gaubert, *out* ! Bon débarras ! Bravo !

Elle éclata de rire.

Les deux étudiants se tournèrent vers leur patronne, étonnés. Heureusement pour elle, ils n'avaient pas compris ce qu'elle avait prononcé à voix basse.

CHAPITRE 19

Au Colombier, *suite*

— Merde ! répéta une énième fois Franck Kestner.

— Attends ! réagit Marie. Ce n'est pas parce que Pauline Josse l'a appelée deux heures avant de se faire tuer que votre Isabelle est mêlée à son assassinat.

— Peut-être pas, non, mais… Faut tirer ça au clair.

Kestner réfléchissait tout en parlant. Le barman fan de littérature les zyeutait d'un œil méfiant. Le jeune couple se leva pour aller folâtrer dans un endroit moins fliqué.

— Récapitulons ! reprit le commissaire. Mercredi à 18 h 41, Piera apprend à Pauline qu'une âme malveillante a déposé la lettre de Gaubert sur son bureau une vingtaine de jours plus tôt. Celle-ci comprend aussitôt qu'il s'agit d'un document volé dans son tiroir secret. Élément additionnel : Piera soupçonne Pauline d'entretenir une relation homosexuelle avec une inconnue dont elle cacherait l'existence avec un soin des plus maniaques.

— Ce serait donc uniquement pour pouvoir contacter cette amie en toute discrétion qu'elle aurait acquis un téléphone anonyme ? s'étonna le lieutenant Menguy. N'est-ce pas un peu excessif ?

Franck jeta un regard en coin à Marie. Eux aussi formaient un couple né clandestinement sur un lieu de travail et amateur de discrétion. La présence de Riwan dans ce bar montrait cependant qu'ils auraient eu beaucoup à apprendre des méthodes de Pauline…

Marie prit la parole :

— Ce n'est pas de la maniaquerie, plutôt un gage d'amour ! Ce téléphone secret était un trait d'union symbolique et exclusif entre deux êtres qui s'aimaient. Je peux concevoir ça.

Pas Menguy, mais il n'insista pas. Kestner éclaircit le fond de sa pensée :

— On comprend mieux l'exigence de discrétion de Pauline si l'on fait la supposition que l'amie intime, c'était Isabelle, une collègue. Et si Pauline a éprouvé le besoin de lui téléphoner mercredi soir – à 23 h 56 –, ne serait-ce pas parce qu'Isabelle était au courant de l'existence de son fameux « tiroir-aux-affaires-compromettantes » ? Peut-être même était-elle la seule à être au courant ? Et tant qu'on y est, pourquoi ne pas supposer aussi qu'elle aurait été détentrice du double des clefs du bureau de Pauline ?

Riwan, songeur :

— Donc Pauline s'est mise à soupçonner son amie Isabelle d'être la voleuse de la lettre… Mais qu'est-ce qui aurait poussé celle-ci à commettre un tel acte ?

— C'est limpide, non ?

— Utiliser ce document, couplé au brouillon des remerciements, pour faire accuser Béasse du meurtre de Gaubert ?

— Évidemment ! N'est-ce pas d'ailleurs ce qui s'est passé ?

— Dès lors, Isabelle Theil-Eisen serait la responsable des deux meurtres ?

Kestner opina. Il dit que la machination dont ils avaient dans un premier temps soupçonné Vincent Béasse – insertion des remerciements dans l'article afin de faire porter les soupçons sur Lacourt, dépôt de la lettre sur le bureau de Piera pour provoquer une rupture entre elle et Gaubert – pouvait maintenant être attribuée à Isabelle.

Marie tentait de suivre.

— Si j'ai bien compris, dit-elle, Isabelle se serait cachée derrière deux leurres successifs : Lacourt, puis Béasse ! Un double bouclier qui aurait dû suffire à la protéger si son amie Pauline n'avait pas soudain découvert le pot aux roses…

— … Et par là même aussitôt signé son arrêt de mort ! compléta Riwan, perturbé par le présumé machiavélisme de leur toute nouvelle suspecte.

*

Quai des Orfèvres
15 heures

Réunion de crise dans le bureau du groupe Varenne, au complet. Kestner et Besnard étaient debout devant la porte. Riwan chevauchait une chaise près de son ordinateur et compulsait ses notes. Léa était assise face à Paul, à la table centrale. Manuel s'était installé du même côté que la procédurière.

Le Breton prit la parole. Il était enfin parvenu à accéder aux courriels privés de Pauline Josse. Il en ressortait une chose évidente : la directrice du LPP était bel et bien intime avec Isabelle Theil-Eisen. Leurs derniers échanges ne faisaient apparaître aucune tension entre les deux femmes. C'étaient des mots d'amour entrelardés de commentaires sur l'actualité de l'I2EC. Menguy rappela qu'il avait croisé Pauline à son départ de l'Institut la veille de sa mort – donc juste après qu'elle avait été contactée par Piera. La belle rousse lui avait paru très tourmentée. Quand le lieutenant lui avait demandé de passer au Quai le lendemain, elle avait bafouillé une réponse incompréhensible et s'était aussitôt éclipsée.

Varenne fit un premier bilan :

— Isabelle aurait éliminé son amie parce que celle-ci la soupçonnait du vol de la lettre dans son tiroir et s'apprêtait peut-être à la dénoncer. Vol dont le but était de mouiller Béasse. Ce dernier ne faisait-il pas un coupable idéal ? Il était en effet le seul à avoir intérêt à provoquer une rupture entre Piera et Gaubert. De plus, Béasse avait beaucoup à gagner de la disparition du professeur : en vie, Gaubert n'aurait cessé de vouloir détruire Piera et son nouvel amant.

— Pauline Josse serait donc morte parce qu'elle devenait dangereuse pour Isabelle Theil-Eisen, qu'elle soupçonnait d'être la meurtrière de Gaubert, résuma Yolande Besnard. Que dit l'autopsie de Josse ?

— Pauline était bien sous somnifères au moment de sa mort. Une dose légère, mais suffisante pour l'empêcher de se réveiller avant l'instant fatal. Le coup a été porté en plein cœur par un couteau à large lame, du genre couteau de boucher. Du travail propre !

Kestner hocha son long nez. Il se dirigea vers une vitre qui tremblait sur son enchâssement, comme l'aurait fait la main d'une jolie femme au moment d'enfiler sa première bague de valeur.

C'était le vent.

Il dit :

— Il reste un sacré problème : le mobile ! Isabelle tue son amie car celle-ci devenait dangereuse, soit. Diabolique, elle utilise Béasse sans état d'âme, soit. Mais Gaubert ? Quelles étaient les relations entre Gaubert et Theil-Eisen ? Pourquoi le tuer ? Lors de son interrogatoire, elle a pris la défense de Gaubert dans son conflit avec Lacourt et enfoncé celui-ci. Serait-ce pour jouer de son premier fusible, Lacourt, sachant qu'elle en avait un second en réserve ? Voulait-elle aussi de cette manière masquer son antipathie pour sa première victime ?

— Je confirme qu'elle le détestait, appuya Riwan. Plusieurs courriels d'Isabelle à Pauline vont dans ce sens.

Il lut ses notes : « Ce rat de Gaubert, puant de suffisance… Gaubert m'a encore mis des bâtons dans les roues… Quel paon mité, ce mec ! »

— Mais ça ne prouve rien ! explosa Léa. De toute façon, Gaubert était l'épouvantail de l'I2EC. Haïr Gaubert était de salubrité publique, un aliment pour les conversations de pauses café. C'est si elle avait affiché de son vivant une amitié pour lui qu'il aurait fallu se poser des questions. On ne tue pas Gaubert parce qu'on le déteste, c'est tellement normal.

— Tu la crois innocente ?

— Béasse ne l'était-il pas ? Et on l'a détruit ! Faudrait penser à ne pas refaire la même erreur.

Solidarité féminine ? Non, Léa était simplement une fille fine et sensible. Solitaire, mais pas louve. Bosseuse et ouverte. Sans préjugés. La culpabilité de Béasse, elle n'y avait jamais vraiment cru. Celle d'Isabelle lui paraissait plus fondée, mais ce qui la gênait…

— … C'est qu'on reproduit le même scénario ! dit-elle. Dans un premier temps, on construit de toutes pièces un Béasse machiavélique qui se sert de Lacourt. À présent, voilà qu'on imagine une Theil-Eisen deux fois plus diabolique, qui utilise aussi Lacourt, puis se planque derrière Béasse…

— Mais les faits sont là ! plaida Manuel.

— Et le mobile, nom de Dieu ? Pourquoi elle aurait fait ça, hein ? Pourquoi ?

Kestner regarda sa montre. L'heure était aux décisions. Il se tourna vers la grande taulière – qu'on appelait parfois aussi la grande muette.

— Yolande, faut agir au plus vite ! Tu me donnes carte blanche ?

— Qu'est-ce que tu veux faire ?

Kestner, index braqué, se tourna successivement vers les différents membres de l'équipe.

— Riwan, tu fais mettre sur écoute la ligne téléphonique de Theil-Eisen, le plus vite possible ! Puis tu cherches les références de ses proches et tu les appelles ! Je veux savoir s'ils ont eu des nouvelles d'Isabelle ces dernières heures. Manu, tu files à l'Institut ! Tu te renseignes sur sa mission dans le Massif central. Paul, tu as son adresse là-bas ? Je veux la copie de son ordre de mission, le CV des étudiants qui l'accompagnent, le détail de leur planning de travail. Vous voyez aussi auprès de ses collègues s'ils lui ont téléphoné depuis son départ. Ou bien si elle-même a contacté quelqu'un à l'I2EC. Je suppose que, coupable ou non, Isabelle est censée rentrer en apprenant la nouvelle de la mort de Pauline, non ?

— Peut-être que personne ne lui a donné l'information, avança Léa. La relation Isabelle-Pauline étant secrète, les trois missionnaires ne doivent pas être les premiers qu'on pense à prévenir.

Kestner secoua la tête.

— Ce serait étonnant qu'ils n'aient rien appris. Dès le soir de leur arrivée, ils ont dû contacter des amis ou de la famille qui n'auront pas manqué de claironner la nouvelle. Je pense qu'ils doivent être déjà rentrés ou sur la route du retour. Paul et Léa, vous dégotez l'adresse d'Isabelle et vous filez à son domicile. Vous l'amenez ici illico si vous la trouvez. Et si le trio est toujours sur le lieu de la mission, prenez contact avec la brigade de gendarmerie la plus proche de leur base ! Tu sauras quoi leur dire, Paul.

Varenne opina. Le commissaire était en train de lui piquer ses prérogatives de chef de groupe, mais il ne s'en offusquait pas. Il était tellement préoccupé par les dernières péripéties qu'il ne le remarquait même pas.

— Franck, dans mon bureau, 16 h 30 !

Yolande Besnard quitta la pièce sur ces paroles.

Et le groupe se dispersa comme une volée de piafs.

CHAPITRE 20

Les Coirons, le soir

Le vent emballait la ferme dans son souffle de dément. Il s'était levé sans crier gare alors que les trois scientifiques faisaient zigzaguer leur 4×4 sur la route du retour au gîte. Ils étaient contents de leur première journée. S'ils n'avaient pas encore découvert le niveau-repère idéal à partir duquel ils commenceraient à dérouler leur drôle de calendrier, la zone de recherche s'était resserrée. Ce n'était plus qu'une affaire de travail et de patience. Vu l'enjeu et la motivation, ça ne devrait pas poser de problème.

L'intérieur du bâtiment principal s'organisait autour d'une grande pièce à vivre à l'étage, flanquée de deux petites chambres et surmontée d'un ancien grenier à grain. Un étroit escalier à vis menait au rez-de-chaussée, où un cellier côtoyait une ancienne bergerie avec ses box et ses râteliers. L'âtre d'une cheminée assez large pour accueillir un sanglier rougeoyait dans la salle principale. Les notes d'un concerto pour clavecin et saxo coloraient l'atmosphère. Allongée sur un tapis, vêtue d'une sorte de peignoir en fausse soie rouge, Isabelle Theil-Eisen lisait le même roman de science-fiction que Pauline le soir de sa mort. Les reflets des flammes jouaient sur sa chevelure blonde. Elle portait régulièrement à ses lèvres un verre de calva vieux et le reste du temps suivait le rythme de la musique extraterrestre en cognant le rebord du godet avec l'ongle de son index droit. Alex la regardait. Il était vautré près d'Apolline sur un grand canapé brun fleurant l'antique, ému derrière son air indifférent. S'il n'avait pas été si amoureux d'Apolline, il aurait peut-être tenté quelque chose. Mais il était amoureux d'Apolline. Devinant les pensées troubles de son compagnon, cette dernière lui passa le bras autour du cou et, d'autorité, l'embrassa, faisant choir ses grosses lunettes sur le vieux tissu bistre. Il se laissa faire, sans entrain. Et se libéra dès qu'il eut l'impression d'avoir assuré le minimum pour ne pas froisser son amie.

Isabelle l'intriguait. Il avait l'habitude de la voir comme ça, détachée, indifférente aux péripéties qui scandaient la vie de ses contemporains. Mais cette fois, tout de même, les incidents de l'Institut la touchaient de trop près pour justifier une telle attitude. Il lui demanda donc :

— Tu as eu connaissance d'éléments nouveaux avant notre départ ?

Isabelle releva ses yeux mi-clos.

— De quoi tu parles ?

— Enfin, du meurtre de Gaubert, évidemment !

Elle retournait déjà à ses lignes imprimées.

— Ah ? Ben non, mentit-elle d'un air détaché. Rien de neuf.

Mais Alex ne s'avouait pas vaincu :

— Tu penses que c'est Vincent qui a fait le coup ? Paraît qu'il est raide dingue de Piera et que Jacques était furax d'avoir été mis sur la touche...

Isabelle répliqua d'un haussement d'épaules.

— Et ça ne te dérange pas de ne pas avoir de téléphone ici ? insista-t-il. Il va se passer plein de trucs pendant notre absence. Les flics vont peut-être vouloir nous joindre. S'ils avaient su qu'on serait si isolés, ils ne nous auraient sans doute pas laissés partir.

Cette fois, Isabelle referma son livre dans un claquement. Mais elle ne paraissait pas agacée. Une petite lueur illuminait ses prunelles. Elle s'assit en tailleur sur son tapis, dos et mains au feu. Son tronc ondulait au ressac de la musique bizarre, mi-baroque, mi-jazzy.

— Ne pas être joignable ne me pose pas de problème, susurra-t-elle. Et ce matin, ça ne semblait pas te déranger non plus, Alex. Qu'est-ce que tu crains, tout à coup ? De voir les poulets débarquer ici et interrompre notre mission ? Je ne suis pour rien dans cette histoire, tu le sais, ils le savent !

Son regard moqueur lançait des couteaux. Alex n'était pas certain qu'elle n'y fût vraiment pour rien. Depuis qu'il la connaissait, Isabelle l'ensorcelait. Son regard altier le fascinait. Elle toisait le monde avec un air d'aristocrate bienveillante mâtiné d'ironie. Seule la science la faisait descendre de son nuage hautain. Face à un front de carrière, Isabelle jubilait, s'excitait, on sentait que pour faire avancer un chantier, elle aurait été prête à tout, même à... tuer. Dans ces moments-là, Alex le savait, Isabelle haïssait Jacques Gaubert. Elle l'avait détesté vivant, elle continuait à exécrer son fantôme. Il avait surpris sa réaction à l'annonce du malaise du prof en plein cours. Alex était alors avec Apolline dans le bureau de sa patronne, en pleine préparation de la mission. Vincent était soudain entré pour leur apprendre la nouvelle : Gaubert était devenu fou. Isabelle n'avait rien dit, mais son visage s'était illuminé. La haine de la jeune femme venait de ce que, non content de se comporter en parasite et de tirer systématiquement la couverture à lui, Jacques n'avait cessé de lui mettre des bâtons dans les roues. En jouant de ses relations et de son influence dans le milieu de la climatologie, il avait tout fait pour qu'Isabelle ne parvienne pas à réaliser la seule chose qui comptait pour elle : montrer que le réchauffement mondial actuel n'était peut-être pas que d'origine humaine et découvrir de nouveaux éléments permettant de prévoir son évolution dans les cent ans à venir. Pour Gaubert, les choses étaient binaires : soit il réussissait à endosser la paternité des découvertes de sa collègue, soit il flinguait tout son boulot.

Alex savait qu'Isabelle était capable d'avoir tué Gaubert et qu'elle disposait du plus puissant mobile du monde. Heureusement pour elle, c'était le genre de motivations qu'en général les flics ont beaucoup de mal à concevoir.

Alex se tourna vers Apolline. Il était temps. Sa bien-aimée lui tirait une gueule de boudeuse d'enfer. Elle ne pouvait décemment pas se lever pour aller pleurer dans sa chambre. Quant à gueuler devant Isabelle, pas plus question de cela que de continuer à faire des mamours à son traître de copain. Elle avait sa dignité ! Apolline s'usait dans des réflexions circulaires, lorsque Alex revint enfin vers elle, tendre, amoureux, sincère, chaud, sexy. Elle fondit aussitôt. Les deux jeunes se levèrent pour aller faire l'amour. Avant de quitter la pièce, Alex adressa un geste amical à Isabelle.

Isabelle Theil-Eisen resta un long moment dos au feu, face à un canapé à présent déserté. Elle dressa l'oreille jusqu'à ce que les premiers gémissements des tourtereaux ajoutent un condiment à la musique et au vent. Isabelle était le réceptacle de tous les sons, tressant ceux de l'Art avec ceux de la Nature et de la Vie. Elle marquait de son corps un tempo perso qu'elle arrangeait dans sa tête. Elle se sentait zen, loin de la crise. Elle était bien. Elle essayait de ne penser ni à l'affolement de Pauline au téléphone, la veille de leur départ, ni à ce qui s'était déroulé après.

Son errance...

Pauline, Isabelle l'avait dans la peau. Mais elle saurait s'en passer.

Les gémissements à côté devenaient râles de plaisir. Isabelle sentait le désir monter en elle. Elle ouvrit son peignoir. Elle s'allongea nue sur le tapis, au plus près du feu. Elle reprit son livre. Y lut la description romanesque d'une planète lointaine :

> *La présence de quatre satellites, dont deux de grande taille, entraîne de gigantesques marées. Plus d'un tiers des terres sont situées dans la zone de balancement des eaux. Les orbites complexes des lunes font des marées au calendrier et aux amplitudes très variables. La mer recouvre parfois des espaces tellement immenses qu'elle submerge les collines* *.

Le vent faisait vibrer les vitres et claquer les lauzes. Il giflait les murs à coups de

* Du même auteur. *Exoplanète*, Éditions Terre de Brume, 2009.

baffes mouillées, jetant ses averses à seaux. La cheminée relâchait sa fumée à la mode sioux. La porte cliquetait des ferrures. Du bruit de fond bourdonné par la forêt voisine s'élevait de temps en temps un solo de hautbois biologique, qui mêlait ses notes à celles du clavecin et du saxo pour composer un air de musique contemporaine aux accents ancestraux.

La ferme était installée à flanc de coteau, isolée, à une dizaine de kilomètres de la carrière et à une vingtaine du village le plus proche.

Le vent ne se calmerait pas avant l'aube.

CHAPITRE 21

Quai des Orfèvres
21 h 30

Franck Kestner n'avait pas pu se rendre à la convocation de Yolande Besnard à l'heure convenue. Un incident dans le cadre de l'affaire du nourrisson tué avait bouleversé son planning : la mère, poussée à bout par la supérieure de Marie, venait de faire une tentative de suicide, heureusement ratée. Kestner avait dû intervenir toute affaire cessante pour recadrer sa subordonnée, l'obliger à faire un break de quelques jours et remettre la machine judiciaire sur ses rails.

Le commissaire venait de franchir le seuil du bureau de la taulière, laquelle avait patiemment attendu qu'il se rende disponible. La vaste pièce, mal éclairée par un jour finissant, rendait la femme petite, d'apparence fragile. L'ameublement déclinait la trilogie désuète bois-cuir-laiton. La patronne invita Kestner à poser son séant sur le maroquin vert craquelé d'un siège vénérable et confortable. Puis, d'un geste, le convia à prendre la parole.

— La mère s'en sortira, commença-t-il. Quant au groupe d'enquête, je le décapite provisoirement. Marie en prendra la direction pendant deux, trois semaines, le temps que tout ça se tasse.

Le chef de section était visiblement mal à l'aise avec cette affaire. Besnard ne fit aucun commentaire. Elle n'ignorait pas la nature des relations entre Kestner et Sertillanges. Elle laissait filer. Pour le moment.

— Concernant l'affaire Gaubert, poursuivit-il, il faut qu'on serre Isabelle Theil-Eisen à la première heure demain matin. Elle n'est pas rentrée. Elle doit toujours être dans le Massif central avec ses deux étudiants.

— Comment peux-tu en être sûr ? Elle a été géolocalisée ?

— Elle n'a pas de téléphone.

— Pas de téléphone ?

Kestner hocha la tête. Il n'était pas fier que leur principale suspecte se balade librement dans la nature. Il se disait que Varenne n'aurait pas dû la laisser partir. Mais comment aurait-il pu se douter mercredi matin de l'évolution des événements dans la soirée ?

— Ben non, dit-il. Elle a dit à l'Institut qu'ils comptaient faire une mission à l'antique : bicoque isolée, feu de bois et smartphones absents ou déconnectés. Si Paul avait su tout ça, il l'aurait évidemment empêchée de partir. Ou recadré la mission, au minimum…

— Alors, je répète : comment peux-tu être certain qu'elle est toujours là-bas ?

— Un binôme de gendarmes a rôdé en début de soirée autour de la ferme dans laquelle ils logent. Ils ont noté la présence d'un 4×4 garé dans la cour.

— Les étudiants sont peut-être seuls.

— M'étonnerait. Si Isabelle s'était cassée, les deux auraient prévenu leurs collègues ou leurs familles. Et ils seraient rentrés. Or d'après Menguy qui vient de l'I2EC, silence radio du côté des thésards. Pareil chez les parents, qu'il a contactés. Ils ne s'inquiètent pas, d'ailleurs. L'absence de nouvelles, c'était convenu, comme je t'ai expliqué. Les jeunes ont vendu ça à leurs familles comme un trip genre « on se détache du monde », pas de nouvelles, bonnes nouvelles…

— Bizarre.

— Ouais. N'empêche, si Theil-Eisen était partie, le couple n'aurait pas manqué de réagir d'une manière ou d'une autre. Et l'absence de portable donne à Isabelle une justification en or pour rester tapie dans les Coirons : comme ça, elle n'est pas censée être au courant de la mort de Pauline…

Besnard acquiesça mollement, pas trop contente de la situation. Elle demanda à Kestner comment il comptait procéder.

— On a contacté la compagnie de gendarmerie de Privas. Ils nous attendent demain matin à cinq heures, ce qui nous laisse juste le temps de faire la route si nous partons immédiatement. Je compte six à sept heures de voiture. J'y vais avec Paul et Riwan. Les pandores nous aideront sur place. Manuel prendra la direction du groupe en l'absence de Varenne.

— Ce qui fera ton deuxième groupe commandé par un adjoint…

Kestner ne répliqua pas. Il devinait le reproche plus dans le ton de la voix que dans les mots prononcés. Le commissaire sentait qu'il jouait gros dans cette affaire. Son habitude de se mettre en première ligne n'était pas sans provoquer des crispations dans la trente-sixième maison poulaga. On lui conseillait généralement de se préserver ou, plus hypocritement, de se ménager. Franck n'en avait jamais eu cure. Et jusqu'à présent, le commissaire divisionnaire l'avait toujours soutenu. Ses résultats plaidaient pour lui, de toute façon. Mais Yolande Besnard allait bientôt partir vers de nouveaux horizons. À sa manière, elle essayait de faire comprendre à son fougueux subordonné que les temps changeaient. Que d'être brillant ne lui suffirait bientôt plus pour éviter les gouttes sulfuriques. Que s'il voulait prendre sa place, un jour…

— Tu t'occupes du 18-4 ? demanda Kestner. Faut que je parte tout de suite !

Comme ceux de la brigade criminelle allaient quitter leur zone d'influence, il fallait que le juge autorise une extension de compétence territoriale : article 18 alinéa 4 du Code de procédure pénale. Mais oui, Besnard, bonne fille, s'en occuperait d'urgence avec Léa. Elle sourit en se levant, mais agita un long doigt de maîtresse d'école :

— Je te fais confiance, Francky, mais attention ! On n'a aucune certitude au sujet de Theil-Eisen. Tu vas simplement l'interroger poliment et l'inviter fermement à rentrer au plus tôt à Paris, rien de plus ! On est bien d'accord ?

Kestner acquiesça. Le bug Béasse le hantait autant qu'elle. OK, il serait prudent.

*

Les préparatifs furent vite expédiés. Les trois missionnaires sortirent de leurs armoires individuelles de confortables tenues de terrain et chaussèrent des tennis noires. Ils s'équipèrent en flingues et en brassards. Léa les regardait d'un air boudeur.

— Pourquoi on n'y va pas tous ensemble ? protesta-t-elle.

— Tu sais bien qu'une partie du groupe doit demeurer ici, fit Varenne. Et puis, ça servirait à quoi d'être cinq là-bas ?

— Et je compte sur toi et Manu pour réagir à notre premier signal, compléta Kestner. Vous serez aux premières loges. S'il y a quelque chose à récolter dans les Coirons, c'est ici que les infos seront valorisées.

Et en attendant, continuez dès demain matin le travail de fond à l'I2EC !

Il donna le signal du départ.

La pluie les accueillit dehors. Les trois hommes coururent jusqu'au parking du Quai, où les attendait une Renault de service de moyenne cylindrée, neuve et confortable.

Kestner se mit au volant.

CHAPITRE 22

Samedi 7 avril
4 h 20

Saint-Julien-en-Saint-Alban.

Riwan conduisait. Franck sommeillait à côté et Paul était allongé à l'arrière. Les policiers avaient pu maintenir une allure rapide en alternant la conduite, même si la pluie les avait accompagnés durant tout le trajet. Depuis qu'ils avaient quitté la vallée du Rhône, le vent d'ouest, canalisé par la vallée de l'Ouvèze, avait accentué sa pression. Il baffait le pare-brise de biais, l'inondant entre chaque passage d'essuie-glace.

Flaviac.

Le minuscule bourg fut vite traversé. La nuit était d'encre. Riwan aimait conduire sous la pluie dans l'obscurité, il en avait l'habitude. Les faisceaux des phares, gauchis par les rafales, n'éclairaient qu'une courte bande d'asphalte. Laissant dans la même ombre forêts, champs et précipices, ils n'annonçaient les virages qu'au dernier moment. Le véhicule drossé par le vent traversait les monts du Vivarais en titubant comme un noctambule. Bourrasques et zigzags, tout cela rappelait au Breton les « pistes » des étés de sa jeunesse, quand il longeait à pied le rivage marin après avoir éclusé dans tous les bars de Camaret-sur-Mer. Sans peine, il tiendrait jusqu'au bout. Ses compagnons le savaient, qui lui faisaient confiance.

Coux.

Il était temps pour Menguy de sonner le lever de la troupe.

— Hé, les gars ! On n'est plus qu'à cinq kilomètres !

Kestner bâilla. Varenne se redressa en ronchonnant. Derrière les vitres, les lumières mouillées d'une zone artisanale remplaçaient la phosphorescence de la végétation. La voiture pénétra bientôt dans le centre-ville de la plus petite préfecture de France, capitale des marrons glacés, des marrons en crème, des marrons tout court.

Varenne se passa un coup de peigne.

Boulangeries. Bars. Confiseries spécialisées dans les marrons. Vitrines dégoulinantes. Poubelles renversées par des renards ou des blaireaux humains.

4 h 50, place du Champs-de-Mars.

Riwan gara la Renault sur le grand parking. Le trio s'extirpa, s'étira. Paul chercha instinctivement la lumière d'un bar, mais il était bien trop tôt. Franck désigna de l'autre côté de la rue périphérique un long bâtiment massif sans âge, dont l'allure trahissait la fonction. Une enseigne, un drapeau tricolore et une ligne de véhicules bleu marine à hachures jaunes garés devant la façade leur auraient ôté les derniers doutes, s'il en était resté. Les flics traversèrent la chaussée, puis se présentèrent à un planton. Après avoir consulté leurs papiers, celui-ci fit venir un jeune première classe – chevron simple sur l'épaule – qui les mena à l'étage, dans les locaux de la compagnie de gendarmerie. Poussa la porte entrouverte d'une salle de conférences éclairée par la lumière crue d'un néon de clinique. Ou de boucherie. Ou de gendarmerie. Trois pandores se levèrent à leur entrée. Seuls le plus jeune et le plus vieux étaient en uniforme. Le premier avait un visage poupin, de l'enthousiasme plein les pupilles et des gestes légèrement efféminés. On l'aurait pris pour un fils de famille si sa coiffure châtain clair avait été un rien moins rase.

— Sous-lieutenant Guillaume Flaunet, se présenta-t-il avec un accent du Sud-Est. Et voici le lieutenant-colonel Nicolas Floirac, commandant de la compagnie de Privas et le capitaine Jacques Gauceron, responsable de la brigade de recherche et, à ce titre, mon supérieur direct.

Le jeune Flaunet avait d'abord désigné l'ancien en tenue, un presque sexagénaire tout en longueur, au visage sec et aux yeux doux, puis un quadra de taille et de corpulence moyennes, que la tenue en jean, les jambes arquées et les paupières tombantes faisaient ressembler à un cow-boy blasé. Une fois que les policiers se furent présentés à leur tour, tous prirent place autour d'une longue table rectangulaire présidée par le lieutenant-colonel Floirac. Le jeune qui les avait introduits revint avec du café et Menguy distribua des palets – il en gardait toujours un paquet dans la grande poche de son pardessus. Un rien de raideur en moins et le Breton se serait cru revenu à son enfance bénie, quand il rendaient visite à son grand-oncle et que sa grand-tante lui offrait les mêmes gâteaux sur une table de ferme de mêmes dimensions, quoique plus massive…

Kestner fit un bref résumé de l'affaire, puis il expliqua aux gendarmes ce qu'ils comptaient entreprendre.

— Nous aimerions interpeller notre suspecte le plus tôt possible ce matin, avant qu'elle aille sur le terrain. Pourriez-vous nous conduire sur place ?

— Pas de problème ! acquiesça Floirac dans un sourire en forme de balafre. Le capitaine Gauceron et le lieutenant Flaunet vous y mèneront. Pour éviter toute mauvaise surprise, le capitaine a pris l'initiative de poster depuis hier soir deux de ses hommes aux abords de la ferme.

Le commissaire se méfiait de ce genre d'initiatives. Une surveillance des routes à distance aurait suffi. Mais il se garda bien de montrer son agacement.

— Excellent ! mentit-il. Peuvent-ils nous confirmer la présence de notre cible sur place ?

— Non, mâchonna Gauceron d'un ton rogue. Mais la voiture est toujours dans la cour et tout a l'air calme.

— Disposition des lieux ?

— C'est une ferme isolée entourée par un mur d'enceinte en ruine. Le rez-de-chaussée du bâtiment principal est occupé par une ancienne bergerie et de petites pièces de service. On accède à l'étage de l'extérieur par un escalier sous tuiles. Il y a deux annexes : une fromagerie, où vos clients ont apparemment installé leur labo, et une étable transformée en garage. Pas de voisins. Extérieurs dégagés, ce sont des prairies et des jachères quadrillées par de rares routes et de nombreux sentiers.

Kestner croisa le regard de Varenne. Un soupçon de condescendance s'y mêlait à l'agacement. Les gendarmes ? Alliés méticuleux, alliés précieux, semblait-il dire, mais d'une culture si différente de la leur. N'empêche, rien à redire. Excellent compte rendu.

Le capitaine Gauceron se leva brusquement, donnant par là le signal du départ. Les deux de la brigade de recherche guidèrent les policiers vers la sortie. S'engouffrèrent dans une puissante Citroën banalisée blanche garée le long de la rue. La Renault parisienne noire la rejoignit. Le convoi s'ébranla. 5 h 45. C'était parti.

Privas était un gros bourg au pied des Coirons, niché dans un écrin de verdure. Petite église, vieilles maisons, supermarchés périphériques. Dès qu'on quittait l'agglomération, la végétation prenait le dessus. Pas un jardin méditerranéen, mais une masse végétale sombre, héritière de la forêt gauloise.

La route coulait entre les châtaigniers. L'asphalte serpentait, fuyant comme une danseuse lascive les bras de ses admirateurs. L'aube était encore loin. Le vent agitait la voûte, émiettant le ciel, étouffant le bruit des deux moteurs. De grosses gouttes éparses cognaient la tôle des voitures.

Les policiers, tendus, demeuraient silencieux. Varenne conduisait. Il avait du mal à suivre l'allure des gendarmes, trop vive à son goût. Ceux-ci étaient chez eux et le faisaient savoir. Paul commençait à ressentir les affres de la fatigue. Durant le trajet Paris-Privas, il n'avait pas dormi, sur la banquette arrière. Pire, il s'était énervé. Et puis aussi, une angoisse sourde planait au-dessus de cette géographie dont il n'avait pas l'habitude. Il ralentit.

Au loin, à la faveur des trouées, l'ombre des contreforts basaltiques découpait la nuit finissante. La pente et la pluie s'accentuaient.

Le convoi atteignit bientôt le plateau. La végétation se fit plus rase. Quelques chênes dominaient les plantes basses, probablement du genêt et de la bruyère. La route traversait des hameaux mêlant fines constructions traditionnelles et frustes maisons des Trente Glorieuses, tandis que de rares fermes s'esquissaient dans la lumière sur les coteaux à l'arrière-plan.

Les gendarmes avaient pris beaucoup d'avance. Ils attendaient à un carrefour. Dès qu'ils virent paraître les phares, ils engagèrent leur « Citron » au pas sur le bitume défoncé d'une voie étroite. Les flics leur collaient à présent au pare-chocs. Une côte raide, un dernier virage et le toit d'une ferme apparut au-dessus d'un pauvre rempart arbustif.

Les nouveaux arrivants distinguèrent d'abord le contour d'une Peugeot Partner bleu gendarmerie planquée derrière un bosquet de houx. Les deux guetteurs sommeillaient à l'intérieur. On vit sursauter leurs silhouettes au bruit des ronrons motorisés. Kestner jura. Les pandores étaient camouflés comme l'auraient été des gosses de quatre ans jouant à cache-cache. Heureusement que la nuit était pluvieuse, sans ça, le gibier aurait délogé depuis longtemps...

Derrière les branches épineuses, une vaste cour cerclée par un mur en ruine, les annexes attendues et, devant l'escalier de la maison, le 4×4 rouge des scientifiques. Les deux voitures franchirent la limite de la propriété. Elles se garèrent l'une derrière l'autre, à peu de distance du véhicule tout-terrain.

6 h 25, heure légale : ils allaient pouvoir intervenir.

Les moulins furent coupés, les portières s'ouvrirent. Les gendarmes et Menguy étaient déjà dehors, Kestner avait posé un pied sur le sol, Varenne s'apprêtait à en faire autant, lorsque, tout à coup…

Hurlement d'un moteur, crissement des gravillons. La Toyota démarrait en trombe. Elle n'alluma ses phares qu'au moment de s'engager sur la route. L'éclair rouge de fuser devant la Partner et son houx minable, laissant tout le monde pantois.

Sous les yeux médusés des représentants de la loi, Isabelle s'enfuyait.

CHAPITRE 23

— Vite ! hurla Kestner.

Les portières de la Renault se refermèrent dans un triple claquement. Paul écrasa l'accélérateur. Nouvelle giclée de gravillons. Une embardée déporta le pare-chocs contre l'aile avant de la « Citron » des gendarmes, clouant celle-ci sur place. La voiture des flics trouva en zigzaguant le chemin de la sortie entre les pierres du muret et déboula une seconde fois devant les deux guetteurs ahuris, lesquels n'osèrent pas suivre le train sans ordre. Et quand ceux-ci viendraient, il serait trop tard.

Sur le siège passager, Kestner serrait les dents. Il n'y avait rien à dire. Foncer. Ne pas la laisser s'échapper. Surtout ne pas la laisser s'échapper. Le commissaire était furieux. La Partner de guet avait été repérée par Isabelle. Logique, même par ce temps couvert, tellement elle était mal planquée. C'était un vrai miracle qu'ils fussent arrivés juste à temps pour pouvoir prendre la fille en chasse.

Varenne était revenu de sa fatigue. La tension aiguisait son acuité et le métamorphosait en pilote de rallye. Les feux arrière de leur cible se devinaient au loin. La fuyarde fonçait à travers la nuit, sur la portion rectiligne de la route du plateau. Mais bientôt, les lumières disparurent.

— La laisse pas te distancer, marmonna Kestner.

Le chauffeur accéléra. Les phares réapparurent dans une descente, s'éteignirent, se rallumèrent, clignotant de virages en virages.

— Mais où elle va ? s'inquiéta Menguy.

Kestner montra les reliefs volcaniques posés dans la nuit devant eux.

— Je suppose qu'elle compte prendre une route montante pour essayer de nous semer dans les lacets. Mais elle n'y arrivera pas, même si ses roues adhèrent à la route mieux que les nôtres. Continue comme ça, Paul ! Tu la colles, c'est bon !

Varenne gagnait du terrain, à l'énergie. Une fois la vallée franchie, la route regrimpait sur un plateau en dessinant des courbes de plus en plus serrées. Les gouffres qui s'ouvraient à l'extérieur des virages étaient comblés par des montagnes d'obscurité. Comme Kestner s'y attendait, il s'avérait que le 4×4 de Theil-Eisen avait une bien meilleure tenue de route que la voiture des policiers : le premier maintenait une trajectoire idéale quand la seconde frôlait l'abîme ou rasait les falaises.

— Doucement, marmonnait Riwan entre ses dents. Doucement…

Si on lui avait dit au moment de l'engagement qu'il risquait de perdre la vie dans une course-poursuite en montagne, il aurait peut-être hésité à signer. Le Breton souffrait du vertige dès que l'altitude dépassait 385 mètres, point culminant de sa région. Mais la conduite de Varenne était sûre. Il suait au volant. Le vent et la pluie, un temps calmés, reprenaient de plus belle. Les trois policiers, crispés, fixaient des yeux les deux points rouges dès qu'ils apparaissaient au-delà des ovales de bitume dessinés par leurs propres phares. Anxiété quand ils s'évanouissaient. Puis soulagement lorsqu'ils revenaient, jamais loin. Paul faisait le boulot. Il calait son véhicule dans le sillage de la fuyarde, malgré la pluie, malgré l'angoisse et le flirt morbide des roues avec les précipices.

Ils étaient à mi-hauteur du relief basaltique. Un carrefour en patte-d'oie s'ouvrait devant eux. La Toyota s'engagea dans l'étroite voie de gauche, encore plus montueuse, encore plus traîtresse et serpentine.

— Un cul-de-sac, espéra Kestner à voix haute.

— Pas sûr, fit Varenne. Elle a l'air de savoir où elle va…

Les feux venaient de disparaître derrière ce qui s'annonçait comme une épingle à cheveux. Paul ralentit, mais pas trop. Le faisceau de ses phares balayait un bosquet de bord de route. Crissement de pneus dans le virage.

Soudain, Kestner :

— Gaffe !

Un obstacle venait de surgir dans la lumière, au milieu de la chaussée. Paul concentra toute sa science de la conduite pour freiner, braquer, et brusquement redresser. Il évita ainsi de justesse une chute mortelle dans le grand vide s'ouvrant à droite, mais pas un gros bloc, contre lequel il froissa sa carrosserie. La ferraille grinça, l'habitacle trembla. La voiture ne dévia pas, heureusement. Elle s'immobilisa une vingtaine de mètres plus loin. À l'intérieur, on se regardait, sans un mot. Il fallut quelques instants pour se remettre, le temps de calmer tremblements et emballements cardiaques. Kestner fut le premier à sortir. Après s'être assuré de l'absence de la Toyota dans les environs, il se pencha pour examiner les dégâts. Les autres le rejoignirent.

— Une aile éraflée, diagnostiqua-t-il. C'est profond, mais on devrait encore pouvoir rouler. Enfin, j'espère. On a eu sacrément chaud. Bravo, Paulo !

Le commissaire se retourna. La silhouette d'une triple masse sombre sur la route tranchait les lignes de pluie. On aurait dit une famille ours sur le point de bondir dans la nuit. Kestner ne put s'empêcher de frissonner.

— Qu'est-ce que c'est ? Des blocs rocheux ?

— Ouais, confirma Menguy, parti en reconnaissance près des cailloux. De foutues grosses pierres éboulées. On l'a échappé belle !

La lampe de Varenne mit en lumière trois blocs de lave de différentes tailles, emballés dans de la boue et des cailloutis. Tout cet ensemble avait dû dégringoler depuis la falaise rendue instable par les précipitations. Ils encombraient la moitié de l'étroite chaussée.

— La fille a fait comment pour éviter cette merde ? s'étonna Riwan. Elle avait deux chances sur trois de se taper un rocher et neuf chances sur dix d'être, au minimum, sérieusement ralentie. Le passage n'est pas large…

— Ouais, fit Varenne. On aurait dû la rejoindre. Je l'avais dans mes phares avant le virage.

La torche du commandant éclairait des traces de pneus larges imprimées dans la boue, partiellement masquées par les leurs. La Toyota avait visé avec une précision miraculeuse entre blocs et ravin.

— Elle a eu encore plus de bol que nous ! dit-il.

— Bon, c'est pas le moment de s'étendre, grogna Kestner. Tous à la bagnole ! On continue ! Faut la rattraper !

La voiture reprit la poursuite à vitesse d'abord moyenne, puis faible. Le moteur clochait. Un inquiétant cliquetis l'empêchait de prendre la pleine mesure de ses pistons.

Une succession de virages tordait la route de droite à gauche, entre une falaise minée et un vide invisible, localement bordée d'un ridicule parapet d'arbustes et de buissons rachitiques. Plus de lumières rouges devant. Varenne tenta d'accélérer, mais le moulin toussait. Kestner s'esquintait les yeux à scruter la nuit à travers la pluie. Il n'y croyait plus. Ils avaient laissé passer leur chance, se disait-il. Encore un virage. Ils longèrent la façade d'une ferme aux volets clos. Quand atteindrait-on le plateau ? La courte ligne droite s'achevait dans un nouveau lacet bordé cette fois d'un talus habillé d'une minable végétation...

— Là ! hurla soudain Menguy depuis son siège à l'arrière.

Kestner sauta hors de la voiture avant qu'elle se soit immobilisée. Les deux autres l'imitèrent après l'arrêt complet.

La Toyota rouge – c'était bien elle – gisait à la sortie du virage, garée n'importe comment, les roues braquées, la porte avant grande ouverte. Les trois flics se dispersèrent, mais ça ne servait à rien : il faisait sombre, il pleuvait, ils n'avaient qu'une seule lampe.

— Riwan, t'as du réseau ? s'enquit le commissaire.

— Oui.

— Alors préviens les gendarmes ! Tu leur expliques où on est. Surtout, t'oublies pas de leur signaler l'éboulement. Qu'ils fassent gaffe ! Qu'ils viennent en véhicules légers, une fourgonnette ne passerait pas. Puis tu files à la ferme qu'on vient de longer et tu nous trouves là-bas de quoi nous éclairer.

Il rejoignit Varenne, lequel balayait la route de sa lumière. Tous deux la parcoururent en vain sur une cinquantaine de mètres au-delà du 4×4, puis Paul s'arrêta et s'accroupit sur le sol, au niveau d'une étroite zone boueuse. Il cherchait des traces, mais il n'y en avait pas. Inutile de poursuivre dans cette direction. Ils firent demi-tour. Près de la voiture abandonnée, pas de boue, pas de marques. Kestner saisit la lampe et s'approcha du bas-côté.

— Là ! fit-il. Regarde ! Merde ! On dirait que l'herbe a été écrasée !

Le commissaire sauta sur le talus.

— Fais gaffe, putain ! lui dit Varenne. Ça descend à pic, derrière !

— Des rameaux cassés ! Elle est passée par là !

— Tu déconnes ? Ça n'a pas de sens !

Kestner avança prudemment en écartant les branches d'érable. Il se pencha et plongea son faisceau dans le vide. Mais les rayons n'accrochaient que les gouttes poussées par le vent et, sous ses semelles, le flanc chaotique d'une falaise couverte de mousse et de touffes d'herbe. Au fond du ravin, c'était un enchevêtrement d'ombres que n'atteignait pas la lumière. Il bascula sa torche latéralement. Arbustes, fougères et ronces, la végétation poussait dru le long du gouffre. Il n'y avait évidemment pas de sentier.

Un bruit de pas le fit se redresser. Menguy revenait déjà, accompagné d'un autochtone essoufflé sous son imper. Sans un mot, le Breton tendit à son boss un puissant projecteur portatif. Kestner reprit sa position au bord du précipice.

Grâce à son nouvel outil, il transforma les ombres d'en bas en saules et identifia un ruban d'eau agitée, dont les gerbes d'argent reflétaient ses rayons lumineux. Les vaguelettes dessinaient de fugaces croissants blancs et les tourbillons d'éphémères et inquiétantes spirales. Pour la seconde fois de la soirée, sans que le froid ou la pluie en soient la cause, Kestner frissonna.

Il ne tarda pas à repérer, dans la boucle d'un méandre au pied de la falaise, une tache bleue qui flottait.

Qui dansait dans les lueurs blafardes de l'aube.

CHAPITRE 24

Le jour était levé depuis bientôt quatre heures. La grosse pluie s'était muée en fine bruine. Une longue file de véhicules à l'arrêt encombrait la petite route de montagne. Flics, pandores et parquet assistaient aux opérations des pompiers, en silence. Un technicien en identification criminelle de la gendarmerie, encordé, était en train de descendre les presque cinquante mètres de la paroi verticale. Il s'apprêtait à rejoindre un pompier déjà en bas. Riwan Menguy, qui s'équipait près de la Toyota, s'efforcerait de vaincre son vertige pour être le troisième à visiter le ravin.

Le corps était tombé dans une zone inaccessible tant par la route que par les airs. C'est pourquoi on avait dû installer un système de cordes à un portique métallique, fixé près de l'endroit où Kestner avait repéré ce qu'on supposait être le cadavre d'Isabelle Theil-Eisen. Varenne s'approcha de son patron. Il lui tendit une cigarette. Refus. Elle se retrouva entre ses lèvres. Aucune parole échangée. Le capitaine Gauceron se tenait à l'écart, l'air renfrogné. Varenne supposa avec jubilation que le commandant de la compagnie avait dû lui souffler dans les bronches.

On se consolait comme on pouvait. Seul le jeune substitut essayait de causer pour tuer le temps, passant d'un groupe à l'autre, mais personne ne lui répondait.

Une dizaine de minutes s'écoulèrent, puis un pompier se dirigea vers les deux policiers.

— Commissaire ! Les trois hommes sont en bas. (Il tendit un talkie-walkie.) Votre collègue veut vous parler.

— Vas-y, Riwan, j't'écoute, dit Kestner en prenant l'appareil.

— C'est bien le corps d'Isabelle, fit la voix grésillante de Menguy. On vient de le sortir de l'eau, il était à demi submergé dans le torrent. Disloqué, mais reconnaissable. La tache bleue qu'on a vue d'en haut est son ciré. Crâne ouvert, nombreuses fractures, vertèbres en miettes. On peut rien faire de plus ici. On la remonte ?

— Ouais, le matos arrive. En attendant, fouillez partout sur une large zone. On va pas descendre une seconde fois.

— On trouvera que dalle, répondit Riwan. S'il y avait quelque chose en plus du corps, le torrent l'a emporté.

— OK. On fait venir une civière d'alpinisme.

Le capitaine Gauceron s'était approché. Il dit :

— Voilà, je crois, qui met un point final à votre affaire, messieurs…

Une lueur narquoise se devinait sous ses paupières à demi fermées de notable ardéchois.

Quels que soient son statut et son affectation, à Paris ou dans les Coirons, tout enquêteur digne de ce nom déteste voir une affaire se clore de cette façon. Le gendarme ne pouvait manquer de se réjouir de l'infortune de ses collègues parisiens. Varenne se retint de répliquer que si ses deux abrutis de subordonnés avaient un peu mieux planqué leur véhicule lors de la surveillance de la ferme, on n'en serait pas là. Il se contenta de lui demander ce qu'avait donné la fouille de la Toyota.

— On n'a fait pour le moment qu'un examen sommaire, répondit le capitaine. Des outils de fouille, des fringues de pluie... Ah oui ! Aussi un smartphone dans la boîte à gants. Éteint. On va s'en occuper aujourd'hui même.

Kestner ne réagit pas. Depuis la découverte du 4×4, il se murait dans un silence buté, seulement interrompu par quelques ordres brièvement énoncés. Il s'éloigna pour téléphoner à Paris. Quand il revint, ses décisions étaient prises. Il saisit Varenne par le bras.

— Bon, écoute. Voilà ce qu'on va faire. Tu rentres à Paris avec Riwan et t'attends pas d'être sur place pour activer ton groupe à distance : retour à l'Institut dès cet après-midi et que tout le monde soit mis sous pression. Il nous faut le mobile du premier crime d'Isabelle : pourquoi a-t-elle tué Gaubert ?

Une courte réflexion et il reprit :

— Plus j'y pense, plus je suis persuadé que c'est une raison à la con, peut-être une histoire d'ego de scientifique du genre impossible à deviner si on n'est pas dans le milieu. Je vais interroger ses deux étudiants cet après-midi…

— Tu rentres pas avec nous ?

— Non, je reste un peu ici. J'assisterai à l'autopsie et… j'ai quelques trucs à vérifier.

Paul hochait la tête en lorgnant son patron du coin de l'œil. Il n'était pas plus satisfait que Kestner de la conclusion de cette affaire, mais il ne voyait pas quel apaisement pourrait lui apporter un séjour prolongé dans ce coin paumé.

Le commandant ne parvint pas à retenir la question idiote, celle qu'il ne fallait pas poser :

— À ton avis, Francky : suicide ou accident ?

Kestner haussa les épaules. Il s'éloigna sans répondre.

*

14 h 30

« Un accident ! N'importe quoi ! pensait Kestner. Pourquoi Isabelle serait-elle sortie de sa voiture pour traverser un talus aussi dangereux, si cela n'avait été pour en finir ? Avec l'avance que lui avait donnée l'éboulement, rien ne l'aurait empêchée de poursuivre sa route et de disparaître, si elle avait voulu s'échapper. Non. Isabelle est venue dans la montagne pour clore son histoire par un suicide, c'est tout. Elle n'a sans doute pas supporté d'avoir été obligée de tuer son amie Pauline. Quant à savoir si le fait qu'on ait été derrière elle est pour quelque chose dans son geste fatal, alors là… »

Kestner se dit également que Varenne ferait parfois mieux de cogiter plus et de parler moins.

— On est presque arrivés.

Voilà un autre qui gagnerait à économiser sa salive. Le commissaire se rendait bien compte qu'ils s'approchaient de la ferme louée par Isabelle, inutile de le clamer sur ce ton de premier de la classe. Mais le jeune Flaunet ne pouvait s'empêcher de causer pour ne rien dire. Kestner aurait préféré être seul ou avec l'un de ses hommes. Mais pas le choix. Leur Renault était inutilisable. Il avait été contraint d'accepter l'offre des gendarmes de mettre à sa disposition une voiture avec chauffeur. Avant de reprendre la route du plateau, il s'en était servi pour conduire Varenne et Menguy à la gare.

Le véhicule entrait dans la propriété, sous un ciel enfin à peu près sec. Une cour gravillonnée à traverser et les fonctionnaires furent accueillis par un jeune homme, qui les attendait debout sous les tuiles de l'escalier couvert. Le gendarme fit les présentations, avec son léger accent, pas désagréable :

— Sous-lieutenant Flaunet, de la compagnie de Privas, et voici le commissaire Kestner, brigade criminelle de la PJ parisienne.

— Alex, fit simplement l'étudiant en tendant une main ferme.

Il semblait calme, pas vraiment impressionné par le pedigree de ses visiteurs et peu affecté par les événements de la nuit. Les deux malheureux guetteurs les lui avaient sommairement relatés en début de matinée, leur enjoignant, à lui et à sa compagne, de ne pas quitter la ferme de la journée.

— Nous aurions quelques questions à vous poser, ainsi qu'à votre amie. Elle est ici ?

En réponse, Alex grimpa vers la porte d'entrée. Les trois pénétrèrent dans une grande pièce chauffée par un feu tranquille, intrusion qui fit se dresser de son canapé une petite brune aux grandes lunettes.

— Voici Apolline, la présenta Alex en se dirigeant vers elle pour entourer sa taille d'un bras protecteur. Nous vous écoutons.

Le couple s'assit sur le cuir brun et Kestner sur une chaise, tandis que le gendarme restait debout près du foyer. Le policier expliqua en peu de phrases ce qu'il voulait bien dévoiler de l'affaire.

— Nous concluons que votre patronne est vraisemblablement responsable de l'assassinat du Pr Gaubert, ainsi que de celui de Pauline Josse…

— Pauline est morte ? s'exclama Apolline en se levant.

Alex la fit se rasseoir. Lui aussi semblait stupéfait.

— Ah ! C'est vrai, vous n'étiez pas au courant. Excusez-nous d'avoir omis de vous prévenir…

En fait, ce n'était pas un oubli. Kestner voulait étudier leur réaction à l'annonce de la nouvelle, mais il fit chou blanc. La fille et le gars parurent normalement surpris et peinés. Ni trop, ni trop peu, pas de comédie. Il leur relata le crime de l'impasse de la Croix de Berny et leur expliqua comment Isabelle était parvenue à mettre son premier forfait sur le dos de son collègue Béasse.

— Pauvre Vincent ! dit Apolline. Faut vraiment être un flic buté pour le croire capable d'une manigance pareille. J'espère qu'il s'en remettra.

— Le machiavélisme à double détente d'Isabelle, ça semble moins vous étonner…

Les étudiants se regardèrent, mais ne réagirent pas.

— Quelles étaient les relations entre Isabelle et Jacques Gaubert ?

— Mauvaises, évidemment, murmura Alex. Elle ne l'aimait pas. Mais de là à le tuer…

— Il faut s'incliner devant les faits, jeune homme, quand ils sont carrés. Vous n'auriez pas l'idée d'un mobile ? Je suis d'accord avec vous, le détester n'était sans doute pas une raison suffisante. Personne n'aimait Gaubert, si j'ai bien compris, et il n'y a qu'une seule meurtrière...

Alex n'hésita pas longtemps avant de faire part au policier de ses réflexions de la veille. Gaubert faisait tout pour s'approprier le travail d'Isabelle, qui était sur le point de faire une découverte majeure dans le domaine si médiatique de la climatologie. Il avait déjà magouillé pour être premier auteur du fameux article aux remerciements injurieux, où il n'avait quasiment rien foutu.

— Qui a fait le boulot, alors ?

— Ben, les trois autres auteurs : Isabelle, Vincent et Piera. Isabelle surtout.

— Mais Gaubert a tout de même réussi à...

— Gaubert, c'était qu'un sale parasite ! l'interrompit Alex. Il s'apprêtait soit à endosser nos nouvelles découvertes ici aux Coirons, soit à user de son influence pour décrédibiliser les travaux d'Isabelle.

— Isabelle avait donc un puissant motif pour tuer son collègue, dit Kestner, soulagé de disposer enfin de tous les éléments. Il était sur le point de casser son ambitieux projet.

— Qu'elle se soit réjouie de sa mort, c'est certain ! Mais j'ai du mal à croire que...

— Et il ne faut pas oublier Pauline Josse ! intervint Apolline. Comment imaginer qu'Isabelle ait pu froidement l'assassiner. C'est trop dingue ! Elles s'arrangeaient si bien.

— On peut dire ça, en effet. Saviez-vous qu'elles entretenaient des relations intimes ?

Les deux tombèrent des nues.

— Les portes sont fermées à clef ici pendant la nuit ? poursuivit Kestner.

— Non, répondit sèchement Apolline. À quoi bon ?

— Où était Isabelle hier soir quand vous l'avez quittée ?

Alex eut un sourire gêné. Les yeux de sa copine étaient encore chargés de poignards.

— On l'a laissée là, sur le tapis, près du foyer. Elle bouquinait.

— Dans quel état d'esprit était-elle ?

— Serein, dit-il. Et pareil dans la journée. Elle n'avait pas le comportement de quelqu'un qui viendrait de tuer son amie.

— Ah ? Parce que vous en avez déjà rencontré, des assassins… ?

Kestner se leva sur cette provocation facile. Les étudiants, eux, restaient scotchés au canapé. K.O. Dépassés.

— Comment allez-vous poursuivre votre doctorat, sans tutrice ?

Alex répondit qu'ils pourraient terminer seuls, avec un quelconque directeur de thèse administratif. Et ajouta, agacé, que là n'était pas vraiment le problème. Le commissaire désigna la porte d'entrée du pouce.

— L'un de vous pourrait-il m'accompagner ? J'aimerais visiter les annexes.

Alex se redressa avec difficulté. Il mena les enquêteurs d'abord dans la fromagerie, encombrée de caisses de matériel, pas toutes déballées. Kestner jeta un coup d'œil distrait dans l'oculaire d'un microscope posé sur une table en Formica et il fit fonctionner une sorte de roulette de dentiste, que les scientifiques utilisaient pour dégager certains fossiles. Le matériel de broyage l'intéressait peu, il préféra s'attarder au-dessus des flacons de produits chimiques.

— Il y a des substances dangereuses, là-dedans ? demanda-t-il en débouchant une bouteille ornée d'une tête de mort.

— Certains liquides sont un peu corrosifs, oui. Pourquoi ?

— Pour rien. Simple réflexe professionnel.

Un dernier coup d'œil panoramique, puis le commissaire demanda à voir l'étable.

— Il n'y a rien à nous là-dedans, prévint Alex en poussant le portail coulissant.

Il alluma un néon fixé à une poutre transversale. Le bâtiment était presque vide. L'espace central attendait visiblement une voiture, comme en témoignaient des salissures d'huile sur le sol sableux. Kestner s'accroupit et y passa un doigt pour vérifier qu'il s'agissait bien de taches anciennes. Il se redressa, puis s'approcha du mur latéral gauche. Celui-ci accueillait, près de la seule fenêtre du bâtiment barrée d'une planche, un vaste portoir de matériel de bricolage.

Une vingtaine d'outils rouillés, de couleur rouge, étaient fixés par plusieurs clous à des emplacements dédiés. De poussiéreux instruments de jardinage étaient appuyés contre le mur de droite, près d'un buffet vermoulu des années 1930. Kestner l'ouvrit, pour y découvrir quelques vieux *Chasseur français*, des jouets démantibulés et une série de petites boîtes en fer-blanc renfermant des perles et une collection d'épinglettes démodées. Au fond du garage, à droite d'une porte fermée par un simple loquet à clenche et mentonnet, un scooter reposait sur sa béquille centrale.

— Il est à vous ?

Le commissaire s'approcha du deux-roues. Une machine électrique presque neuve, qui jurait avec le reste des objets stockés dans le bâtiment.

— Non, fit Alex. Qu'est-ce qu'on en aurait fait ? Il doit appartenir au propriétaire, je suppose. Je ne l'avais même pas remarqué…

Le scooter était effectivement entreposé dans un coin ombré, à l'opposé du portail. Kestner se pencha pour examiner scrupuleusement les roues, la fourche et le carénage. Une fois redressé, il demeura un moment à considérer l'engin, pensif. La clef étant à son emplacement, il mit le contact. Le niveau de la batterie indiquait qu'elle était aux quatre cinquièmes vide. Un quart de tour de clef supplémentaire fit ronronner le moteur, remarquablement silencieux. Le policier coupa le moulin.

Apparemment en proie à une idée subite, il se mit à fureter dans tous les recoins de la grande étable.

— Vous cherchez quelque chose ? s'étonna le thésard.

Pas de réponse. L'inspection dura plusieurs minutes et se poursuivit à l'extérieur, autour du garage, pendant un bon quart d'heure. Le flic s'accroupissait de temps en temps pour scruter le sol avec attention. Une fois son examen achevé, il se dirigea vers le lieu où les deux gendarmes avaient été en planque durant la nuit. On le vit regarder la maison à travers les houx, de différents endroits.

En retournant dans la cour, Kestner fit signe à Flaunet d'approcher.

— Vos collègues ont perquisitionné dans la ferme ce matin ?

— Affirmatif ! Ils sont actuellement en train de traiter ce qui a été prélevé.

— C'est-à-dire ?

— Je ne sais pas. Rien d'important, je crois.

— Il y avait des techniciens en identification criminelle avec eux ?

— Non. Pourquoi y en aurait-il eu ? Ce n'est pas une scène de crime, ici.

Kestner montra l'étable.

— Et là ? Ça a été visité ?

Le sous-lieutenant fit une grimace d'ignorance.

— Bon. Vous faites venir une équipe fissa. On ne bouge pas d'ici jusqu'à son arrivée.

Se tournant vers Alex :

— Quant à vous, vous pouvez rentrer à Paris, si vous voulez.

L'étudiant haussa les épaules. Il se dirigea vers l'entrée de la maison, où l'attendait Apolline dans sa tenue militaire. Elle avait pourtant plus l'air d'une paysanne que d'une baroudeuse, dans l'encadrement de granit. Une fois réunis, les deux apprentis scientifiques demeurèrent silencieux, cherchant à se retrouver avec les doigts, les paumes. Pour les lèvres, ils attendraient d'être seuls.

Le commissaire regardait la scène depuis l'entrée du garage. Il se dit que l'épreuve qu'ils traversaient allait les obliger à se réinventer, professionnellement et personnellement.

CHAPITRE 25

I2EC
15 h 45

L'Institut était en ébullition. Manuel Lerefait et Léa Dauverchin menaient une nuée de policiers dans les locaux du LPP. Ils perquisitionnaient en spirale, depuis les bureaux des chercheurs jusqu'à ceux des techniciens et des étudiants, en passant par les labos. Bizarrement, presque tout le personnel du –1 était présent ce jour de week-end. On commentait les nouvelles dans les couloirs, on s'assurait que les flics ne faisaient pas n'importe quoi, on rangeait derrière eux.

Les deux officiers avaient l'impression de perdre leur temps, de se répéter, de s'agiter seulement parce qu'il ne fallait pas rester inactifs. Manuel avait accusé le coup en apprenant le suicide d'Isabelle Theil-Eisen. Après la désagrégation en plein vol de Vincent Béasse, c'était un nouveau coup dur pour l'équipe. Le capitaine allait maintenant interroger… Mais qui, au fait ? Vincent et Piera, HS ; Pauline et Isabelle, mortes ; les étudiants de cette dernière, sur le terrain. Il ne restait plus ici que des personnes étrangères au dossier et des seconds couteaux, déjà questionnés. Non, vraiment, tout ça c'était une perte de temps. Manuel en était là de ses réflexions et errait, indécis, dans un couloir, quand il entendit un pas se précipiter vers lui.

— Bonboulot ! Je crois que j'ai trouvé un truc !

Léa était rouge d'excitation. Elle brandissait une feuille.

— C'était dans une poubelle du labo. Regarde, c'est de l'italien ! Ce que j'ai pu comprendre de cette prose me donne l'impression qu'on n'est pas loin de ce qu'on cherche. Il s'agit d'un courrier électronique daté de janvier et adressé à Piera. Ça provient d'un certain Giovanni Albertini, de l'université de Florence…

— Florence, tu dis ? C'est pas de là que vient Piera ?

— Si, je crois… T'as des notions d'italien, non ? Tu m'aides à lire ?

Manuel saisit le document dans son sac transparent et entreprit à son tour de décrypter le texte, d'une page à peine. Il était question des travaux de l'équipe de Jacques Gaubert et de problèmes de paternité de certains articles.

— Décidément, marmonna Lerefait, c'est dingue comme ils se prennent le chou avec leurs problèmes d'ego, nos scientifiques ! C'est un vrai embrouillamini, ton message.

Tout est mélangé, science et relations personnelles entre Gaubert et ceux du labo. Bon, ce que je comprends de ce micmac, c'est que : le dénommé Albertini est l'ancien tuteur de Piera ; il travaille ou a travaillé avec les gens du LPP, au moins avec Gaubert et Theil-Eisen ; il conseille vivement à Piera de se méfier de son boss, en insinuant que ce dernier aurait la détestable habitude de piquer les résultats de ses confrères ; il prend comme exemple le dernier article de Gaubert – celui qui nous concerne – dans lequel le gars aurait fait pression pour apparaître en premier auteur, alors que ce serait Isabelle Theil-Eisen qui aurait réalisé l'essentiel du boulot…

Lerefait redressa la tête. Léa hochait la sienne, satisfaite de leur travail.

— Franck sera content. On a le mobile. La boucle est bouclée !

Manuel approuva.

Pourtant, pourtant…

— Encore une feuille nomade, fit-il, songeur. Saisie dans une poubelle, tu dis ? Hum, des papiers qui traînent, des lettres baladeuses, des documents perdus puis retrouvés… Il y en a eu pas mal depuis le début de cette affaire. Tu trouves pas, Léa ?

Il relut le texte, scruta le document, les salissures, son chiffonnage…

Lui-même un rien chiffonné, Manuel rendit le document à sa collègue.

*

Les Coirons
16 h 15

Retour au virage d'où Isabelle Theil-Eisen s'était jetée dans le vide. Flaunet gara sa voiture près de l'endroit où était stationnée la Toyota, ce matin. Une fois dehors, Kestner resta un moment bras croisés à réfléchir, adossé à sa portière, puis il retourna au talus d'où il avait vu le corps. Il se pencha prudemment au-dessus du gouffre et considéra avec répulsion la rivière énervée en bas, qui semblait avoir encore grossi ces dernières heures. Cela n'avait rien d'étonnant, si en plus de boire à tous les abreuvoirs des montagnes et de dévorer les pierres, elle mangeait aussi les cadavres. Les gerbes ressemblaient à des bras blancs de noyés, les tourbillons à des portes ouvrant aux Enfers. Le flic se redressa vivement. Il était mal à l'aise. Isabelle, qu'il n'avait pourtant jamais rencontrée, commençait à lui devenir intime.

Elle n'aurait pas dû mourir comme ça.

La vraie raison qui avait poussé Kestner à mettre Varenne et Menguy dans un train, c'était qu'il avait besoin d'être seul – ou presque, le jeune gendarme ne comptant pas. Le commissaire était à un stade de l'enquête où il devenait une éponge. Il s'imbibait de l'atmosphère, faisait corps avec les victimes, s'inquiétait de l'état d'esprit des témoins et de ce qui pourrait leur advenir. Il s'examina. Ses fringues étaient trempées, ses tennis crottées, ses mains sales. Il les essuya sur son pantalon. Longue inspiration, bruyante expiration, yeux mi-clos. Le policier goûtait le lieu et savourait le moment. On était loin des flaques aseptisées de l'île de la Cité, ici. Kestner longea le talus sur une vingtaine de mètres en montée en scrutant l'herbe, se frayant parfois un passage pour jeter un coup d'œil entre les branchages et revenant aussitôt. Le jeune gendarme le contemplait en silence. Il ne comprenait pas ce qu'il faisait, mais n'osait l'interroger. Enfin, n'y tenant plus :

— Vous cherchez quelque chose ?

Le commissaire revint vers lui en se forçant à sourire.

— Conscience professionnelle, mon ami. Pour trouver, il faut chercher, même si on ne sait pas quoi. Mais ici, il n'y a vraiment rien. Conduisez-moi maintenant à l'éboulis, s'il vous plaît.

Demi-tour dans le virage. La voiture passa au ralenti devant la ferme. Le gars qui leur avait prêté la lampe chaulait un mur.

— Arrête-toi ! fit Kestner.

Flaunet obéit, tout content d'avoir été tutoyé. Le commissaire descendit. S'adressant à l'autochtone :

— Bonjour, monsieur. Je suppose que vous me remettez ?

— J'aurais du mal à oublier…

Le type n'avait pas l'air rassuré. C'était un quinqua filiforme en tenue de *gentleman farmer*. Il déposa ses outils pour s'approcher de la voiture.

— Merci encore pour votre coup de main de cette nuit, poursuivit Kestner. Votre lampe nous a été bien utile. (Il tendit le bras vers la route.) Dites-moi, l'éboulement, plus bas, vous êtes au courant ?

— Ouais. J'ai appris que les services de la voirie ont dégagé la route ce matin…

— Ça s'est passé quand ? Dans la nuit ?

— Ben sûrement. Hier soir, il n'y avait rien.

— C'est fréquent par ici ce genre d'incident ?

— Ça arrive, répondit l'autre prudemment, pas souvent. Mais il a beaucoup plu ces temps-ci.

— OK, je vous remercie. Viens, Flaunet, on continue.

Ils roulèrent au pas et s'arrêtèrent juste avant l'emplacement de l'éboulis. Le gendarme sortit le premier. Il commençait à apprécier cette balade avec le Parisien. Pas sûr qu'elle fasse avancer l'enquête, mais au moins ça changeait de la routine. Debout sur la chaussée, il fixa bêtement le grand disque de boue. Les blocs avaient légèrement esquinté l'asphalte, mais il n'y avait plus de danger pour les rares automobilistes à passer par ici. Un bruit de cailloux et de feuilles remuées le fit se retourner.

— Mais où allez-vous encore ?

Kestner escaladait la falaise en faible pente bordant la route en faisant dégringoler graviers et petits blocs. Voulait-il reconstituer l'éboulis ? Il atteignit une coulée de basalte en léger surplomb.

— C'est sûrement de là que c'est tombé, dit-il.

Il s'accroupit pour scruter les fragments pierreux et les plantes sous l'avancée. Puis il se redressa et examina attentivement la roche en place, en se gardant bien de toucher quoi que ce soit. Une fois redescendu, il resta un long moment à considérer l'escarpement.

Pendant ce temps, Flaunet contemplait le panorama de l'autre côté. Kestner le rejoignit. Le paysage était somptueux. La grande vallée étirait au sud ses multiples orteils creusés par un dense réseau de rivières, dont celle la plus à l'est avait réceptionné le corps d'Isabelle. Plein ouest apparaissait le plateau supportant la ferme des étudiants, ainsi qu'un autre, légèrement plus septentrional, isolé et apparemment désert, plus élevé, aux pentes abruptes. On l'aurait cru artificiellement déposé sur la plaine, tellement il jurait dans le décor. En falaise se distinguaient les limites des coulées de lave superposées, empilées comme des livres.

Le ciel gris au-dessus menaçait l'avenir de jours ombreux. Il allait de nouveau pleuvoir, c'était sûr. Au nord, enfin, les monts du Vivarais découpaient l'horizon, offrant à la vue leur versant le plus sombre.

— Le côté obscur de la Force, murmura le policier.

— Qu'est-ce que vous dites ?

— Rien, rien, je délirais tout haut. Beau pays pour vivre... et pour mourir, n'est-ce pas, lieutenant ? Vous êtes originaire d'ici ?

— De pas loin...

— Beau pays...

Guillaume Flaunet considérait son compagnon avec étonnement. Jamais encore il n'avait rencontré un enquêteur aussi étrange, mais ce n'était pas pour lui déplaire. Il aimait être en contact avec des gens comme Kestner, qui pouvaient tant lui apprendre. Son regard replongea dans la vallée, cherchant le débouché du torrent mortel, et de là passa au surplomb rocheux de l'autre côté de la route. Même s'il ne possédait pas tous les éléments du dossier, le jeune militaire en savait suffisamment pour avoir compris qu'il ne fallait surtout pas se fier aux apparences, fussent-elles assurées par des faits et des rocs. Voilà la grande leçon qu'il retiendrait de cette journée.

*

Le corps fut autopsié en soirée, en présence du commissaire Kestner et du capitaine Gauceron. Le médecin légiste certifia qu'Isabelle Theil-Eisen était morte sur le coup. Les multiples fractures au crâne et dans la partie haute du squelette étaient compatibles avec une chute tête en avant. Le niveau de l'eau dans la rivière n'étant pas assez haut pour atténuer le choc, le corps s'était violemment fracassé contre les rochers. Toutes les coupures et les lésions internes pouvaient être expliquées par la chute. Quant à l'heure de la mort, l'estimation du praticien n'était pas incompatible avec celle du commissaire. Étant donné que le soleil se levait au moment où il avait remarqué la tache bleue depuis son poste d'observation, Kestner jugeait que la chute avait eu lieu entre 7 heures et 7 h 10, soit une quinzaine de minutes auparavant. Ce créneau horaire était inclus dans l'intervalle plus large proposé par le médecin. Pour le reste, pas grand-chose. Le téléphone trouvé dans la Toyota n'appartenait pas à Isabelle, mais à Alex. Comme il n'avait livré aucune information intéressante, il avait été rendu à son propriétaire.

Kestner passa la nuit à Privas. Il rentra le lendemain par le premier train de la matinée, après avoir donné ses instructions aux gendarmes. Il prit des nouvelles de Paris au premier arrêt. Durant le reste du voyage, confortablement installé en première, il noircit des pages de notes, repassant toute l'affaire.

Et de l'ordre chronologique, il tira une logique.

CHAPITRE 26

Dimanche 8 avril
Direction de la police judiciaire
Escalier A
14 h 15

En escaladant le mythique colimaçon, Riwan Menguy ne pouvait s'empêcher de penser au prochain déménagement de la PJ aux Batignolles, si redouté de tous les locataires de ces murs chargés d'Histoire. C'est peut-être pour cette raison qu'il montait si lentement l'escalier, en imprimant fortement la marque de ses semelles neuves sur le lino. Comme une star sur Hollywood Boulevard, pour la postérité. Pas grand monde entre les paliers, aujourd'hui. Repos dominical. Riwan aussi aurait pu rester sous la couette, le groupe n'était pas de permanence. Mais l'affaire Gaubert n'étant pas complètement bouclée, il venait aux nouvelles. Sûr qu'il trouverait dans le bureau une partie de l'équipe en tenue de sport. Lui se pointait en costard. Pour le *fun*. Pour se démarquer. Et surtout parce qu'il détestait l'activité physique, à l'exception des longues balades le long des rivages de son Armorique…

Au palier du troisième étage, alors qu'il s'apprêtait à poursuivre son pèlerinage en comptant les marches, une voix familière le figea.

— Ho ! C'est par ici que ça se passe, brailla Manu Lerefait du couloir. Grouille ! T'es en retard !

— Comment ça, en retard ?

— Tu débarques de la Lune ou quoi ? Hé ! Ne me dis pas que t'as pas lu mon texto !

Riwan saisit son téléphone. Il se rendit compte avec horreur qu'il avait oublié de le recharger. Il lissa sa veste trop grande et suivit le capitaine vers la porte du bureau de la taulière. Le Breton retint sa respiration en pénétrant dans la pièce spacieuse. L'espace était un rare privilège dans cet immeuble si peu adapté aux contraintes d'une police moderne. La façade d'un coffre-fort défiait les visiteurs près des deux grandes fenêtres donnant sur la place Dauphine. Yolande Besnard était nonchalamment assise sur son bureau en acajou – en existait-il encore de semblables ailleurs qu'au 36 ? –, où elle répondait au téléphone. Les copains du groupe étaient installés autour de la table de réunion ovale, au bout de laquelle trônait un Kestner visiblement tendu, derrière deux piles de dossiers. Riwan se dit que l'affaire prenait un tour solennel. Normal, on était dimanche. Il s'assit entre Léa et Manu. Devant lui, un tas de biscuits auxquels personne n'avait encore touché et un mug que, d'autorité, Bonboulot remplit de café. Le chef de section attendit que le commissaire divisionnaire ait raccroché et se soit installé à sa droite pour prendre la parole :

— Bon, puisque tout le monde est enfin présent (regard peu amène au dernier arrivé, qui rentra la tête), on va pouvoir commencer. Le dirlo* nous rejoint ?

— Pas sûr, dit Besnard. Peut-être en fin de réunion. Commence sans lui.

— OK. Je suppose que Paul a mis tout le monde au courant des derniers développements ?

Varenne opina. Kestner embraya aussitôt.

— Vous savez donc que je suis resté quelques jours dans le Sud pour vérifier deux ou trois points et attendre l'autopsie d'Isabelle Theil-Eisen. Je dois vous dire que son suicide me laissait perplexe. Rien de net, juste une impression d'ensemble qui ne me satisfaisait pas. Les éléments que j'ai observés sur place n'ont fait que conforter ce sentiment.

— Qu'est-ce que t'as trouvé ? demanda Paul Varenne.

— Quelques trucs bizarres. Des faits un poil rectangulaires qu'on a du mal à faire entrer dans les trous carrés, si tu vois ce que je veux dire...

* Directeur adjoint de la police judiciaire parisienne.

— Ouais, je vois. Faut appuyer fort...

— Pourtant, dit Lerefait, le mobile qu'on cherchait, on l'a, maintenant, avec le courriel de l'Italien.

— Ah oui, la feuille dans la poubelle ! rigola le commissaire. Sacré coup de pot, quand même !

Kestner se leva et déambula un peu pour mettre ses idées en ordre de marche.

— Bel exemple des nombreuses bizarreries de cette affaire. À peine je te demande un mobile, Manu, que tu m'en ramènes un, super beau, tout chaud, sorti droit d'une poubelle ! Ça ne t'interpelle pas ?

Bonboulot hésitait. Il se rappelait la gêne qu'il avait éprouvée à la vue de cette feuille fraîche, à peine chiffonnée, trop bien placée.

— Enfin, bon, reprit Kestner. Mobile quand même, incontestable, d'accord. Il a d'ailleurs été confirmé par l'étudiant que j'ai interrogé hier dans la ferme.

Le commissaire se rapprocha de la table, mais resta debout.

— Je vais vous exposer le résultat des cogitations qui m'ont remué le cervelet dans le train du retour. Mais prenons les choses par le bon bout de la raison, comme aurait dit Rouletabille, et commençons par retourner aux Coirons. Premier point intrigant là-bas : l'éboulis sur la route, un peu avant le lieu du suicide. Comment a fait Isabelle pour passer ? Et sans être ralentie, sinon on l'aurait rattrapée : elle était juste devant nous. Avec Paul et Riwan, on a estimé qu'elle avait à peine une chance sur dix d'éviter les blocs.

— Le hasard, proposa Léa, sans trop de conviction.

— Il a bon dos, ton hasard. Non ! Isabelle ne pouvait les éviter à coup sûr que si elle avait repéré les lieux auparavant. Or, nous savons grâce au voisin que les roches n'étaient pas encore éboulées en fin d'après-midi...

— Elle aurait donc fait une reconnaissance dans la nuit ? s'étonna Riwan. Mais c'est absurde ! Les deux étudiants ne l'ont pas quittée de la soirée et les gendarmes de guet nous ont garanti que la Toyota n'a pas bougé.

Kestner buvait du petit-lait, genre concentré sucré. Instant savoureux.

— Deuxième point que j'aimerais soumettre à votre sagacité : il y avait un scooter dans l'étable de la ferme, transformée en garage. Un puissant engin électrique parfaitement silencieux, neuf en apparence. Il était propre, pas de marques boueuses, seulement des traces de chiffon sur le carénage. On avait donc pris soin de bien le nettoyer. Je signale au passage que je n'ai vu aucun chiffon maculé dans le bâtiment. Ce qui d'ailleurs, entre parenthèses, n'était pas la seule chose manquante...

— Qu'est-ce que tu veux dire ? réagit aussitôt Varenne.

— J'y reviendrai, ce sera mon point numéro trois. En attendant, sachez qu'une petite inspection autour du bâtiment m'a fait découvrir des traces de roues – genre scooter – menant à un sentier empierré. J'ai vérifié qu'il était possible d'entrer ou de sortir du garage par la porte du fond sans être vu par les gendarmes postés devant la cour.

L'excitation montait autour de la table. À l'exception de Yolande Besnard, que Kestner avait déjà mise au parfum, tous manifestaient leur étonnement dans un même brouhaha. Ce fut finalement un Varenne toujours aussi énervé qui exprima le sentiment général :

— Enfin, Franck, qu'est-ce que tu nous chantes là ? Isabelle aurait discrètement fait de nuit un repérage de l'endroit où elle voulait se suicider ? Permets-moi de te dire, sauf ton respect, que c'est la théorie la plus débile que j'aie entendue depuis le début de ma carrière !

— Ce n'est pas tout à fait ça, ma théorie…

— Alors, crache ton venin, bordel !

— Le venin, comme tu dis, c'est mon fameux point trois, de loin le plus significatif. Il manquait quelque chose d'absolument indispensable près du scooter…

Le silence.

— Vous ne voyez pas ?

Non, ils ne voyaient pas, et ce n'était certes pas de cette manière insidieuse que le commissaire réussirait à faire dire quelque chose à sa troupe déboussolée. Il finit par couper court au suspense en lançant, jovial :

— *Un chargeur* ! On a affaire à un modèle de scooter électrique sans chargeur de batterie incorporé et il n'y en avait pas dans le garage !

Vive réaction de Varenne :

— Quoi ? T'es sûr de ça ?

— Oui, ça a été confirmé par l'équipe de techniciens de la gendarmerie que j'ai fait venir sur place. Peut-on sérieusement envisager que le propriétaire d'un scooter neuf aurait rangé son engin dans un garage dépourvu de chargeur ? En tout cas, il ne l'a pas emporté pour empêcher que le scoot' soit volé : la clef était en place et la batterie n'était pas complètement déchargée.

On pouvait deviner les étapes de la réflexion collective à l'évolution des physionomies. Riwan fut le premier à formuler ce que son boss avait en tête.

— Tu... vous voulez dire, bafouilla-t-il, que... que quelqu'un aurait...

Il se leva à son tour, en laissant sa phrase en suspens. Se dirigea vers une fenêtre, qu'il ouvrit sans demander l'autorisation.

— Je crois que t'as pigé où je veux en venir, le Breton : *on* a suicidé Isabelle !

Un lourd silence se substitua aux conversations étouffées. L'équipe était sonnée. Certes, le suicide d'Isabelle Theil-Eisen, outre le fait d'être gênant pour l'ego du groupe, présentait d'étranges singularités. Mais de là à imaginer un nouvel assassinat, le troisième…

— Voilà comment je vois les choses, reprit Kestner. En arrivant à Privas, probablement en train, l'assassin – j'utilise un masculin pour le moment, on verra tout à l'heure si ça se justifie – l'assassin, donc, se procure un scooter, avec une batterie à grande autonomie chargée à bloc. Il va certainement rôder près du gîte en début de soirée pour s'assurer qu'Isabelle est tranquille à l'étage avec le couple d'étudiants. Il en profite pour noter la présence des gendarmes. De là, il va dans la montagne, où il provoque l'éboulis.

— Provoquer l'éboulis ? fit Varenne. T'as des preuves de ça ?

— Je suis allé examiner la roche en surplomb de la route, là d'où sont visiblement tombés les blocs. J'ai repéré des plantes foulées au pied de l'affleurement et des marques nettes sur le basalte, faites sans doute à coups de massette ou de barre de fer. La roche, fracturée, est facile à attaquer. Un examen détaillé du site est en cours, là aussi.

— Et… dans quel but, cet éboulis provoqué ?

— Pour nous ralentir, pardi ! Et il n'y avait pas grand risque qu'une autre voiture s'encastre dans les blocs entre les deux passages du scootériste, ce qui n'aurait pas manqué de faire capoter son plan : cette route est complètement déserte la nuit. Mais je continue dans l'ordre. L'assassin dispose les rochers de façon à ne barrer qu'à demi la chaussée. Une fois le boulot effectué, il retourne à la ferme d'Isabelle sur son scooter. Il passe discrètement par-derrière.

Le commissaire divisionnaire l'interrompit pour la première fois :

— Restons un peu sur ce scooter, si tu veux bien. D'où vient-il ? Un vol ? Une location ? Un emprunt chez un complice ? Une filière clandestine ?

— Aucune idée ! Les enquêteurs locaux s'en occupent. Mais peu d'espoir d'identifier notre meurtrier par cet angle d'attaque. Vu son habileté, il s'est certainement arrangé pour brouiller ses traces. Pour preuve, on m'a appris tard hier soir que la plaque constructeur est manquante et que le numéro de série du châssis a été limé. Quant à la plaque d'immatriculation, elle est sûrement bidon. Quoi qu'il en soit, dès qu'il n'a plus eu besoin du deux-roues, il l'a laissé dans le garage, au culot, histoire de le faire passer pour l'engin du propriétaire de la ferme. Beaucoup plus discret que s'il l'avait abandonné en pleine campagne…

— Je vois. Dans le plan de l'assassin, les interrogations au sujet du scooter auraient dû venir beaucoup plus tard. Sa présence là aurait surpris, mais personne n'aurait fait le lien avec le suicide de Theil-Eisen, laquelle était censée avoir pris une voiture pour se rendre en montagne…

— Le propriétaire du gîte aurait sans doute supposé que l'un de ses locataires avait laissé la machine sur place. Étrange, mais pas impossible. De toute façon, beaucoup de temps se serait écoulé avant que les questions ne surgissent et rien n'aurait permis d'associer le scooter à notre affaire. Ce culot est bien dans la manière de notre assassin, toujours à la limite, frôlant le gouffre. Mais là, il a fait une grossière erreur : il a oublié de placer un chargeur de batterie dans le garage.

Yolande Besnard hocha une tête pensive. Riwan Menguy s'était rassis avec les autres, qui tous grignotaient des gâteaux en dévorant Kestner du regard.

— Une fois le scooter rangé, reprit ce dernier, le meurtrier attend que tout le monde soit endormi, puis il se glisse à l'étage par l'escalier extérieur. La porte principale n'est pas verrouillée. Pour reconstituer ce qui se passe après, on est réduit à des conjectures. Ce qui est clair, c'est que le couple ne se rend compte de rien. À leur âge, on pionce sec. Il est vraisemblable qu'Isabelle est endormie près du foyer. Elle est sans doute violemment assommée, rhabillée et traînée jusqu'à sa voiture. Si l'agression provoque des hématomes sur le crâne, pas grave, ils seront ultérieurement masqués par les blessures dues à la chute. Reste plus qu'à trouver les clefs de contact, placer le corps inerte sur le siège passager, s'installer au volant, attendre notre arrivée et nous faire croire qu'Isabelle tente de s'enfuir.

— Et l'assassin a pu faire tout ça au nez des deux gendarmes ? objecta Riwan. Je sais bien qu'ils ne sont pas très vifs, mais tout de même…

— J'ai vérifié, c'est faisable ! À condition bien sûr qu'il ait soupçonné leur présence et se soit montré aussi discret qu'un furet. De l'endroit où se trouvaient nos deux pandores, la nuit et à travers les houx, on ne peut pas voir ce qui se passe près de la porte d'entrée. En revanche, l'avant de leur voiture à eux pouvait être repéré de la cour ou de la maison.

— Mais comment ton méchant pouvait-il être sûr que vous alliez arriver à la première heure ? s'enquit Léa.

— Je peux t'assurer que notre homme a de solides moyens d'espionnage. C'est même l'un des points saillants de cette affaire. Il savait – ou avait deviné – qu'on était partis la veille de Paris sur la piste d'Isabelle. Riwan, tu t'es bien pointé à l'I2EC le soir de notre départ ?

— Oui, confirma Menguy. Je voulais savoir si les deux étudiants qui accompagnaient Theil-Eisen avaient donné signe de vie récemment.

— Est-ce que tes questions ont pu laisser penser qu'on allait partir dans la nuit ?

— Euh… A priori non. Bien qu'on en ait parlé en début de soirée, la décision n'a été prise que plus tard.

Le Breton se creusait les méninges.

— Pourtant, en y réfléchissant…

Il essayait de se rappeler ce qu'il avait dit précisément.

— Eh bien ? le pressa Kestner.

— Je l'ai jouée un peu au flan. Bien possible que l'un de mes interlocuteurs ait pu comprendre qu'on s'apprêtait à filer vers l'Ardèche.

— T'as interrogé qui ? fit Varenne.

— Des thésards et des techniciens. Mais personne en relation directe avec notre affaire !

Le commissaire jubilait.

— T'inquiète, c'est pas un problème ! Même non présent, le meurtrier a très bien pu deviner qu'on ferait la route de nuit et qu'on se pointerait pour sortir Isabelle du lit dès l'heure légale. Et la présence des gendarmes sur place n'a pu qu'achever de le persuader. Je pense même qu'au moment où tu faisais le flic à l'Institut, Riwan, notre bonhomme était déjà en Ardèche ou sur le point d'y arriver. Il nous a devancés pour être prêt à agir sur place, ce qui ne l'empêchait pas de continuer à espionner l'I2EC.

— Il avait un complice qui l'informait à distance ?

— Non, non ! Beaucoup plus simple que ça !

Le Breton était interloqué. Mais il laissa son boss poursuivre.

— Bon, je reprends là où j'en étais. Donc la voiture démarre sur les chapeaux de roue. Le meurtrier nous mène gentiment par le bout du nez pour nous conduire là où il veut, en faisant en sorte qu'on ne le perde pas de vue. Du moins jusqu'à l'éboulis. Comme c'est lui qui l'a provoqué, il réussit à se faufiler presque sans ralentir, tandis que nous, nous manquons d'y laisser notre bagnole. Le temps pour nous d'évaluer les dégâts et de reprendre la poursuite, il a balancé Isabelle dans le vide.

— Et ensuite ? fit Varenne. Où il va ?

— Facile. Il grimpe la route au pas de course en prenant garde de ne pas laisser d'empreintes dans les zones boueuses. Peu de risques de croiser du monde. Moins de cinq kilomètres à faire à pied et il atteint un gros bourg, à temps pour prendre incognito le bus du matin et rejoindre la gare de Privas. Voilà comment je vois les choses. Facile, je vous ai dit. À condition d'avoir tout planifié à l'avance dans les moindres détails et de connaître les lieux pour y être déjà venu.

Besnard soupira.

— Tout ça, c'est bien joli, mais ce ne sont que de simples conjectures, Franck. Va falloir tout vérifier.

Pour une fois, personne ne regrettait de s'être levé si tôt un dimanche matin. Ça valait le coup d'entendre tout ça. Restait une question qui flottait dans le bureau, entêtante comme le fumet de la cafetière. Ce fut Léa qui lâcha le mot :

— Qui ?

CHAPITRE 27

— Qui ? répéta Kestner. Oh ! En voilà une question qu'elle est bonne !

Le commissaire s'était assis. Il se resservit une tasse de café. Au-dessus de son long nez courbe et fin, deux petits yeux enfoncés brillaient de malice. Les moments comme ça, de pur plaisir, quand l'écheveau d'une énigme policière se déroule devant un auditoire acquis, font oublier les moments pénibles d'une enquête difficile. Ce doit être une jouissance équivalente à celle qu'éprouve le scientifique exposant une découverte majeure devant des confrères vaincus ou convaincus, dans un congrès par exemple.

Franck Kestner, à ce moment précis, se sentait habité par l'esprit d'Isabelle Theil-Eisen.

— Il y a derrière cette affaire un être exceptionnellement retors qui a absolument tout planifié, depuis la mise en cause de Lacourt jusqu'au faux suicide d'Isabelle, en passant par l'interpellation de Béasse et l'assassinat de Josse. Une personne remarquablement réactive, ou, dit d'une autre manière : une personne remarquablement informée. Alors qui ? Pour répondre à cette question, il faut rembobiner le film et repasser certains moments clefs, avec la date en bas à droite de l'image. Et vous constaterez que si on prend l'affaire par le bon bout de la raison, l'identité de notre assassin apparaîtra bientôt en surimpression. Bon, je déroule les faits en collant à la chronologie.

Le commissaire compulsa ses notes.

— Mi-janvier : le Pr Jacques Gaubert se bat avec l'ingénieur Colin Lacourt, qu'il a surpris en train de fouiller son bureau. Lacourt vient de détruire des analyses de diatomites – les siennes ou celles d'un confrère, ce n'est pas clair, mais peu importe. Par cette action, Lacourt empêche la publication d'un article basé sur ces données, dont il s'estimait avoir été injustement évincé. C'est aussi dans cette période qu'est écrit le courriel de l'Italien à Piera Francalanci, dans lequel il conseille à son ancienne étudiante de prendre garde à son directeur de thèse, Gaubert. Première semaine de mars : dans les épreuves d'un autre article cosigné – dans l'ordre – par Jacques Gaubert, Isabelle Theil-Eisen, Vincent Béasse et Piera Francalanci, est insérée la fine insulte suivante : « J'empaffe avec deux poings cette fiotte de Colin et comme ça, j'le nique, Colin ». Aussitôt, Lacourt, la cible de l'attaque, diffuse la phrase sur une liste interne de l'institut afin de montrer la bassesse de Gaubert, qu'il soupçonne d'être à l'origine du scandale. Mais il ne parvient qu'à se ridiculiser auprès de ses collègues.

L'affaire est étouffée par la directrice du labo, Pauline Josse. 16 mars : une main anonyme dépose sur le bureau de Piera, qui est à la fois la thésarde et la maîtresse de Gaubert, une lettre de ce dernier montrant qu'il a fait pression dans le passé sur l'une de ses étudiantes pour obtenir des faveurs. La lettre provoque une rupture immédiate entre Piera et son directeur de thèse. Gaubert, furieux, menace la doctorante de bousiller sa carrière. Le chercheur Vincent Béasse console Piera et entre bientôt dans sa vie. 23 mars : Gaubert s'effondre en plein cours, à la suite d'un empoisonnement l'avant-veille, le 21, par une toxine amnésiante sécrétée par des diatomées. Il meurt dans la nuit du 1er au 2 avril. 4 avril : il se passe beaucoup de choses ce jour-là. D'abord, Piera remarque que cinq échantillons de diatomites, vitaux pour boucler sa thèse, ont été dérobés. Elle est persuadée qu'il s'agit d'une vengeance post mortem de Gaubert. Ensuite, on découvre dans le bureau de Béasse un brouillon de la fameuse phrase « J'empaffe, etc. », ce qui lui vaut d'être mis en garde à vue. On pense à ce moment-là qu'il aurait pu tuer Gaubert, d'une part pour se débarrasser d'un rival dangereux, d'autre part afin de protéger Piera de la vengeance de son boss. Le même jour, à 18 h 41, Piera informe Pauline du vol de ses échantillons et aussi de la lettre de Gaubert déposée anonymement.

Aussitôt Pauline panique. Elle connaissait l'existence de la lettre en question, qu'elle avait rangée dans un tiroir discret de son bureau. Or, une seule personne était censée être au courant : son amie intime, Isabelle Theil-Eisen. Du coup, elle soupçonne cette dernière d'avoir monté une manip' complexe pour faire accuser Béasse. En d'autres termes, elle soupçonne son amie d'être la meurtrière de Gaubert. Pauline lui téléphone à 23 h 56. Nuit du 4 au 5 avril, vers 1 h 30 : Pauline Josse est assassinée, ce qui nous oriente vers Isabelle. Matin du 5 avril : Isabelle Theil-Eisen et ses deux étudiants se rendent en voiture dans les Coirons. Notez qu'ils devaient partir la veille, mais qu'un mystérieux vandale, en s'attaquant à leur matériel, les a obligés à retarder leur départ. Étonnant, non ? Aube du 7 avril : Isabelle est « suicidée » presque sous nos yeux, une autodestruction avec une motivation évidente, même si elle n'est qu'apparente, et qui tient plutôt bien la route : le regret d'avoir été obligée de supprimer son amie Pauline. Nous sommes aujourd'hui le 8 avril...

Le commissaire regarda sa montre :

— ... Et il est 15 h 05.

L'auditoire était toujours attentif, grâce à une grande cafetière remplie puis vidée deux fois.

— Je suppose que vous avez remarqué à quel point cette succession d'événements a l'allure d'un crescendo logique, poursuivit Kestner. Notre attention est dans un premier temps naturellement focalisée sur Colin Lacourt, la cible de l'attaque injurieuse, un type pas très net qui a toutes les raisons du monde d'en vouloir à Gaubert. Puis la perquisition chez Béasse nous fait découvrir le brouillon et son interrogatoire permet de faire éclater au grand jour sa relation avec Piera. Vincent devient le deuxième suspect, qui efface le premier. Ensuite, Pauline Josse est assassinée alors que Béasse est encore entre nos mains. Très vite l'enquête – à moins que ce ne soit le tireur de ficelles ? – nous conduit à soupçonner Isabelle et à innocenter Béasse. Et de trois ! Normalement, le plan prévoyait que ça s'arrête là. Isabelle expédiée *ad patres* devait être le point final de la machination, la touche sublime. Mais le cercle s'est refermé...

— Isabelle morte faisait une coupable idéale, qui ne se serait pas défendue...

C'était Menguy qui venait de parler. Il se leva, ne tenant pas en place, une nouvelle fois attiré par la lumière du jour. Cette fois, Léa l'accompagna. Devant la fenêtre, ils se dévisagèrent. Pensaient-ils la même chose ? En tout cas, c'est la version qu'ils défendraient plus tard, quand on leur demanderait à quel moment ils avaient deviné le nom du coupable. Ils se retournèrent en même temps pour assister à la fin de l'exposé, dos à la ville, calme à cette heure.

— Qui a dérobé les cinq échantillons de Piera ? Gaubert, comme elle le pense ? Non ! Qui a glissé la lettre compromettant Gaubert sur le bureau de Piera ? Béasse, pour perdre Gaubert dans l'esprit de Piera et la faire ainsi venir à lui ? Non ! Qui a rédigé le premier essai de calembour retrouvé chez Béasse ? Béasse ? Non ! Theil-Eisen ? Non ! Et à présent, qui a jeté ce courriel de l'Italien, miraculeusement trouvé dans une poubelle de l'Institut, nous offrant noir sur blanc le mobile permettant d'expliquer l'acte attribué à Isabelle ?

— Le message électronique serait un faux ?

— Bien sûr que non ! L'assassin n'est pas con, il savait bien que nous vérifierions. Non, l'Italien existe bel et bien et Isabelle avait effectivement une puissante raison de tuer Gaubert. On nous a simplement mis sous le nez ce qu'on avait envie de voir. Je ne sais pas comment notre manipulateur s'est procuré ce message, mais ça n'a pas dû être trop difficile pour un fouineur de ce calibre. Bien gentil de nous aider dans notre enquête, mais là, c'était inutile. Je dirais même suspect. Voilà ce qu'il en est des perfectionnistes : ils en font trop !

Varenne intervint :

— Comment il s'y est pris, ton « tireur de ficelles », pour que Pauline découvre la disparition de la lettre de Gaubert dans son tiroir ?

— Le tireur de ficelles n'avait pas grand-chose à faire. Il était prévisible que l'épisode de la lettre sur le bureau de Piera, révélé par l'enquête, arrive très rapidement aux oreilles de Pauline. Il se trouve que c'est Piera qui l'a avertie, mais ça aurait pu être nous. Ou l'assassin lui-même. En effet, comme il ne pouvait pas retenir longtemps Isabelle à Paris – ce qui était indispensable pour qu'elle puisse être accusée du meurtre –, je pense qu'il devait se tenir à l'écoute mercredi, prêt à avertir lui-même Pauline de l'affaire de la lettre, si cela s'était révélé nécessaire.

— Mais Piera l'a dispensé d'intervenir directement, comprit Léa.

Kestner appuya ses paumes bien à plat sur la table et balaya l'assistance d'un regard aigu.

— Maintenant, poursuivit-il, j'aimerais vous faire remarquer un point qui me paraît hautement troublant et révélateur. On pourrait appeler cela la malédiction de l'article. N'avez-vous pas noté que les quatre auteurs en ont été victimes, à des degrés divers, en fonction de leur « culpabilité » quant aux remerciements foireux ? Pour les deux plus coupables, Gaubert et Theil-Eisen, la mort ! Pour celui qui s'est sincèrement repenti, Béasse, une garde à vue, avertissement sans frais. En vérité, pas tout à fait sans frais, car le pauvre risque d'avoir beaucoup de mal à se remettre psychologiquement de sa mésaventure. Enfin, le quatrième auteur, Piera, élément passif de l'histoire, dont le seul tort a été ne pas avoir protesté a posteriori, elle voit sa thèse ruinée par la disparition de ses échantillons les plus importants…

Silence dans la salle. Lerefait se souvint d'une tirade prononcée au début de l'enquête, le premier élément qui avait conduit les policiers sur la piste des amours compliqués de Piera :

« Je serais vous, je me pencherais sur les affaires sentimentales de Gaubert… Tenez, prenez Piera, par exemple ! Si belle, si convoitée… »

Lerefait avait compris.

Les autres aussi.

— Quant à Pauline, termina Kestner, son assassinat était une étape nécessaire sur le chemin qui devait nous conduire à Isabelle. Mais il était aussi « justifié » par le fait qu'elle a étouffé le scandale des remerciements. En tant que responsable du labo, elle aurait pu tout révéler à l'extérieur des murs de l'Institut et entacher ainsi la réputation de Gaubert. Elle a choisi de ne pas le faire. Elle en est morte. On remarque donc que cette affaire n'est pas qu'une simple vengeance ciblant Gaubert, avec des victimes collatérales. Non. Toutes les personnes incluses dans ce plan machiavélique ont reçu une « punition » mesurée en fonction de leur « degré de culpabilité » vis-à-vis de…

Colin Lacourt !

CHAPITRE 28

Châtenoy-Malaparte
17 h 35

La Renault banalisée longeait au ralenti les maisons écolos du quartier bourgeois de Châtenoy-Malaparte, à l'orée de la forêt, entre le centre-ville, situé environ un kilomètre à l'est, et l'I2EC, à même distance, mais dans la direction opposée. La rue des Chardons était balayée par un vent sec, qui apportait un zeste de la fraîcheur de l'hiver au cœur d'un avril enfin décidé à se faire beau. En tout cas, c'est ce que voulait croire Léa Dauverchin. Par la fenêtre au carreau baissé, sa courte chevelure prenait vie comme les improbables toisons des films d'animation Pixar. Ça lui massait le crâne, elle fermait les yeux, c'était bien. La voiture s'arrêta devant le portail du numéro huit. La fille sortit par la portière droite, tandis que Paul ouvrait celle du conducteur. Le commandant était content. Il avait craint un moment que son chef de section si interventionniste ne veuille superviser la dernière étape de ce qui serait dorénavant connu au 36 sous le nom de « l'affaire des diatomées ». Mais non. Après avoir brillamment exposé ses conclusions autour de la table ovale, Kestner s'était mis en retrait et avait laissé le groupe débattre sur ce qu'il convenait de faire à présent, tout en précisant – les yeux baissés, un sourire crispé aux lèvres – qu'il ne retournerait pas sur le terrain. Paul supposait que Yolande Besnard lui avait fait la leçon, afin de réfréner son ardeur et l'inciter à retrouver son ordinateur et ses notes de synthèse. En d'autres termes : rendosser son costard de chef de section. Mais Varenne n'en voulait pas à son boss d'avoir fait le Maigret à sa place en chaussant les croquenots de l'enquêteur de terrain en Ardèche. Sans lui, l'affaire aurait été rapidement bouclée, prélude à une extinction de l'action judiciaire faute de vivants à mettre en examen. Et la petite cité de Châtenoy-Malaparte aurait continué à abriter un assassin. « Merci, Francky ! »

Le front de Varenne se plissa. Concentration. Lacourt n'était pas encore coincé. Il allait falloir jouer ultra-serré. Pendant la réunion dans le bureau de la taulière, Manuel et Léa avaient affirmé ne pas avoir vu Lacourt à l'Institut la veille. Il était pourtant sûrement rentré. Il avait été question ensuite de la meilleure stratégie à adopter pour confondre le machiavélique ingénieur. Léa, en bonne procédurière, avait suggéré de pousser les feux de l'enquête dans toutes les voies ouvertes par Kestner, de le coincer par exemple sur les trous de son emploi du temps. Manu s'était montré dubitatif. Lacourt aurait probablement tout prévu, avec des alibis indéboulonnables. Les autres, Varenne le premier, avaient défendu le principe d'une action coup de poing.

« Peu probable qu'on puisse démontrer la culpabilité de Lacourt par l'étude des indices froids, avait-il dit. Sûr qu'on ne trouvera aucune trace de son voyage en Ardèche : pas l'genre à s'balader avec un smartphone allumé dans la poche, à tirer des biftons d'un distributeur local ou à punaiser son billet de train dans sa chambre à son retour, pour le souvenir. En revanche, il nous a montré qu'il savait faire des conneries quand il était talonné. Alors, forçons-le dans sa bauge ! L'hallali, tout de suite ! »

Besnard avait réservé son accord à l'exposé d'un plan qui tienne la route. Kestner avait repris la parole et mis ses dernières cartouches sur la table…

Colin Lacourt créchait dans une petite maison en bois, avec jardinet et petite annexe. On aurait volontiers donné à l'habitant d'une si gentille bicoque un certificat de bon célibataire conformiste qui ne fait pas de vagues. Il fallait faire vite. Paul sonna. Léa tenait en main la commission rogatoire et sa mallette à scellés. C'est elle qui se chargerait de la rédaction du procès-verbal. La porte s'ouvrit assez vite sur le Jésus salé-poivré. Paul, attentif, crut discerner un signe de surprise, à travers une crispation de la joue. Lacourt ne les aurait-il donc pas vus arriver par sa fenêtre ? Ce premier geste fut presque aussitôt suivi d'un vif quart de tour de tête à droite, nerveux, comme si Colin avait voulu vérifier quelque chose derrière son dos.

— Vous semblez inquiet, monsieur Lacourt, ne put s'empêcher de lancer Varenne.

Peut-être une première petite victoire. Mais le suspect eut tôt fait de retrouver son impassibilité christique.

— Non-un-tic-ner-veux-c'est-tout, se justifia-t-il avec son débit monocorde habituel, sans ponctuation, en hachant les syllabes. Je me suis bêtement demandé si je n'avais pas laissé traîner des revues pornos sur le canapé. Quelle opinion auriez-vous eue de moi ?

— C'est le cas ?

— Que me voulez-vous ?

Une musique New Age irriguait l'étage, auquel menait un escalier à droite de l'entrée. Le commandant prit un ton officiel pour débiter les phrases officielles annonçant une perquisition officielle. Sans trop en dire tout de même. Paul était fort pour ça. Il serrait son texte, visage fermé. Lacourt ne pipa pas. Il se contenta de hocher la tête et s'effaça devant les forces de l'ordre.

Les deux policiers pénétrèrent dans une vaste pièce sobrement meublée. Une enfilade d'étagères courait le long du mur de gauche, recouvert de chanvre. Une armoire en bois exotique, une table circulaire supportant une tasse, une théière et un bouquin posé ouvert, pages en bas – *L'Homme qui rétrécit* de Richard Matheson, « bon présage », pensa Léa –, une nichée de chaises, un canapé sans télé devant (et sans revues pornos dessus) et un buffet moderne complétaient l'ameublement. Au fond, un coin cuisine derrière une demi-cloison. Deux portes étroites donnaient probablement sur la salle d'eau et les toilettes. Pas de bibelots, mais énormément de livres, des traités scientifiques aux polars. Ils gisaient sur toutes les surfaces planes.

Le duo flicardier enfila des gants, puis se mit au boulot en silence, sous le regard impénétrable de Lacourt.

*

Au même moment, à l'I2EC

— J'aurais préféré participer à la perquisition chez Colin, se plaignait Manuel Lerefait.

Le capitaine errait dans les couloirs de l'Institut, Riwan Menguy à ses basques (un comble pour un Breton). En l'absence de scientifiques – qui, eux, prenaient leurs week-ends –, les flics avaient demandé à deux gardiens de l'Institut de les accompagner. Ils observeraient leurs faits et gestes. Bonboulot reprit la parole :

— Enfin, si le patron a raison, on n'est peut-être pas ici pour rien.

— Un pari plutôt risqué, tu crois pas ? Et on est à la limite du bug procédural.

— La procédure, toujours la procédure ! s'énerva Manuel. Le boulet des OPJ ! (Et des auteurs de romans policiers, aurait-il pu ajouter.) De toute façon, avec dans la poche l'aval de la taulière, une commission rogatoire et deux témoins, le parapluie est grand ouvert.

Il décida de commencer par la grande salle de préparation. Se fit ouvrir la porte par l'un des deux vigiles, un vieux qui semblait avoir fait toutes les guerres de la deuxième moitié du XXe siècle. Pénétra dans le local froid et carrelé.

— On dirait une morgue, ronchonna-t-il.

Riwan entra à son tour et se mit au travail sur-le-champ.

— Tu te rappelles ce qui a été convenu, hein ? soupira Manuel. Des constatations, mais pas de prélèvements ! Si on trouve quelque chose, on rameute la clique. C'est tout.

— Ouais. De toute façon, qu'est-ce que tu veux qu'on trouve ? On a déjà fouillé partout ici…

— Faut chercher dans le dur, il a dit Paulo. Pas les placards ou les tiroirs, mais les paillasses, le sol, le plafond, les murs, les gros instruments…

— Dans le dur ! ricana Menguy. L'est marrant, lui !

Les deux flics entamèrent tout de même leur examen avec conscience, chacun se plaçant à une extrémité de la salle. Et passèrent une nouvelle fois l'endroit au peigne fin.

*

Leurs deux collègues faisaient de même à un kilomètre de là, dans la maison BBC* de Colin Lacourt. « Un citoyen exemplaire, soucieux de la préservation de l'environnement », pensait Paul Varenne, ironique et rageur. Leur seul atout pour le coincer, c'était l'effet de surprise. Malgré son apparente décontraction, Colin avait dû être étonné de les voir débarquer si vite, sans commentaires à faire ni questions à poser, les bras chargés de matériel. Possible qu'il ait laissé des indices ici ou à l'I2EC. Pourtant, les flics ne trouvaient rien de bon. Les sacs à scellés de Léa se remplissaient de machins sans intérêt. Lacourt s'était installé tranquille dans le canapé au centre de la pièce et faisait semblant de lire son roman. En fait, il ne les perdait guère de vue. Le commandant jetait un œil vers lui chaque fois qu'ils amorçaient la fouille d'une nouvelle étagère ou ouvraient un nouveau tiroir. Aucune réaction.

---

* Bâtiment de basse consommation énergétique.

C'est alors que…

Léa venait de faire pivoter un vantail de l'armoire. Paul n'avait pas manqué de remarquer la main de Colin se crispant sur son bouquin. Le suspect ne quittait plus la jeune femme des yeux.

— On brûle ! souffla le commandant à l'oreille de Léa. Il y a sûrement quelque chose là !

Il laissa d'abord la procédurière opérer seule pour surveiller Colin. Les minutes s'écoulèrent. Le capitaine restait bredouille, ça énervait Varenne qui s'approcha à son tour de l'armoire. Elle était équipée de planches de rangement, peu encombrées, et de tiroirs dans la partie médiane. Rien d'intéressant dans et sous les étagères. Pas plus dans les tiroirs. Il les sortit. Rien dessous. Rien sur les faces latérales. Ne restait plus qu'une tablette à glissière à examiner, à mi-hauteur du meuble. Varenne la tira délicatement et fit apparaître une petite liasse de feuilles posée dessus. C'était des papiers médicaux, aucun intérêt. Il reposa les documents sur une étagère et tira encore. On entendit comme un froissement au moment où la planchette mobile quittait son logement. Un adhésif ! Paul retourna la tirette. Un téléphone bleu à touches de modèle ancien était scotché à son extrémité. Le commandant était sur le point de faire signe à

Léa de s'approcher pour conditionner l'ensemble, lorsque celle-ci s'écria :

— Attention !

Lacourt venait de jaillir de son canapé. Il arracha violemment la tablette des mains de Varenne et décolla le téléphone. Léa lui sauta dessus, mais un coup de planchette sur le crâne la mit hors de combat. Lacourt se précipitait vers l'une des portes du fond.

— Les chiottes ! cria Léa, à moitié K.-O. Paul ! Fais gaffe ! Il va l'balancer dans les chiottes !

Varenne s'était remis de sa surprise. Il se souvint à temps qu'il avait été demi d'ouverture dans sa lointaine jeunesse – d'où peut-être son visage déporté sur le côté – et il courut, bondit, plaqua. Lourde chute de Colin. Le téléphone s'envola, orbita durant un temps interminable sous un triple regard, avant de s'écraser contre une plinthe. Léa se précipita pour le saisir. Ouf ! Il n'était pas cassé. Paul immobilisa Lacourt, le força à se rasseoir.

— Ça va ? s'inquiéta le commandant.

— Oui, fit Léa en se massant la tête, j'ai un crâne de flic ! Mais dedans, c'est de la compote !

Ses yeux de procédurière brillaient. Ils le tenaient enfin, le salaud. Grâce à ce petit machin bleu qui aurait beaucoup de choses à dire, une fois autopsié.

Mais alors qu'elle s'apprêtait à glisser le portable dans un sac en plastique, Léa figea son geste…

— Qu'est-ce qui se passe ? s'inquiéta aussitôt Paul.

— Je crois entendre une voix, dit-elle en posant son oreille contre l'écouteur. Non, c'est pas une blague ! Le bouton vert a dû être pressé lors du choc contre le mur. Écoute !

Elle appuya délicatement sur la touche haut-parleur et le duo perçut nettement les mots suivants :

« Bordel ! Y en a marre ! Il m'gonfle, Paulo, à m'faire perdre mon temps comme ça ! J'crois que tu peux arrêter, Riwan, on trouvera que dalle ici ! »

Stupeur des deux flics.

Lacourt, lui, ne faisait plus semblant. Tête baissée, face dans les paumes, il ne jouait plus.

La partie était finie, cette fois. Bel et bien.

*

— Bordel ! Y en a marre ! Il m'gonfle, Paulo, à m'faire perdre mon temps comme ça ! s'exclamait Manuel Lerefait dans le labo du –1, à l'I2EC. J'crois que tu peux arrêter, Riwan, on trouvera que dalle ici !

Menguy continuait pourtant. Il s'apprêtait à soulever un microscope quand son téléphone tintinnabula « Habits » de Tove Lo.

« Ha ha ! Ha ha ! » fit la sonnerie.

— Oui, Paul ? Où vous en êtes ? (Un temps.) QUOI ?

— Qu'est-ce qu'il y a ? s'inquiéta Manuel.

— Paulo dit qu'il nous entend dans un téléphone trouvé chez Lacourt !

Pas besoin d'explications supplémentaires, Riwan avait compris. Mais où chercher ? Que restait-il à examiner dans ce labo déjà sarclé par plusieurs équipes de flics ? Le regard du lieutenant balaya la paillasse carrelée devant lui, pour finir par se fixer sur le microscope qu'il avait été sur le point d'inspecter. Un gros microscope noir binoculaire, à platine tournante, trônant là comme un bouddha qu'on aurait pu croire inamovible, mais qui ne l'était pas. Riwan posa son portable sans l'éteindre, en laissant Paul Varenne gueuler dans le vide. Il saisit l'appareil optique, le souleva avec difficulté – c'était lourd – et regarda dessous…

— Banco ! s'exclama-t-il suffisamment fort pour être entendu par les autres, quelque part dans la ville, dans leurs deux téléphones. Le socle est creux ! Il y a une petite boîte dans la cavité. Manu, tu veux bien la prendre, s'il te plaît ?

Bonboulot pencha la tête et glissa une main gantée sous le microscope.

— Attends… Je crois qu'elle est aimantée… Voilà, ça vient ! Je l'ai !

Il tenait au bout des doigts un parallélépipède rectangle noir de la taille d'une boîte d'allumettes.

— Un micro-espion ! s'écria Riwan. Voilà comment Lacourt se tenait au courant !

Épilogue

Deux semaines plus tard
Au Colombier
Vers 13 heures

— T'en as jamais vu ? s'étonna le commissaire Kestner en portant son bock à ses lèvres.

— Non, répondit Marie Sertillanges. Ça t'étonne ?

Le commissaire saisit la petite boîte noire qui reposait entre eux sur la toile cirée. Il ouvrit un logement en faisant glisser une lamelle en plastique avec son pouce.

— Ben, un peu quand même, oui. Cet engin est un banal micro-espion GSM à carte SIM, en vente libre sur Internet. Il est semblable à celui qui a été trouvé par Riwan dans le socle du microscope de l'I2EC. Tu peux en acheter pour quelques dizaines d'euros sur n'importe quel site de vente en ligne. Le principe est ultra-simple. Tu glisses une carte SIM sans code PIN ici (il montrait le logement), tu places ton mouchard à l'endroit désiré, puis tu composes le numéro de la carte sur n'importe quel téléphone, n'importe où dans le monde.

Aussitôt, le micro décroche sans bruit et tu entends tout ce qui se dit dans un rayon de dix mètres.

« Payez juste, payez large, peu me chaut ! », pouvait-on toujours lire sur l'ardoise fixée au-dessus du comptoir. Comme à son habitude, le bistrotier lisait. Il tenait cette fois un vieux classique Larousse, perché sur un tabouret, indifférent à la planète. Pas d'étudiants bécoteurs, aujourd'hui. Le couple de policiers était seul. Il s'était installé à une table près de la fenêtre. Quatre doigts de soleil donnaient sur la nappe.

— C'est dingue, quand même ! souffla le capitaine Sertillanges.

Kestner éclata de rire.

— Excuse-moi, mais j'adore quand tu fais les grands yeux comme ça…

Marie se renfrogna. Franck posa aussitôt sa paume sur le dos de la main de sa compagne pour se faire pardonner.

— Lacourt avait installé ce type de joujoux un peu partout à l'Institut, poursuivit le commissaire en faisant mousser sa bière avec l'index. Il avait un téléphone portable dédié, à carte prépayée anonyme, où huit numéros-espions étaient enregistrés. Ils apparaissaient dans sa liste de contacts sous la forme de chiffres de 1 à 8, c'est tout. Il lui fallait seulement déplacer de temps en temps ses micros, en fonction de la personne qu'il voulait surveiller, et changer les batteries quand elles étaient déchargées.

— Quelle autonomie elles ont ?

— Une soixantaine d'heures en veille. On a trouvé des espions vachement bien planqués dans les bureaux de Vincent Béasse et des thésards, dans la cafèt', dans la salle de réunion, etc. Pas dans le bureau de Pauline Josse, en revanche. Ce micro-là a dû être retiré, il n'en avait plus besoin. Grâce à ses jouets électroniques, Lacourt avait toujours un coup d'avance sur nous. Il a suivi les grandes lignes de son plan initial, mais en l'adaptant en temps réel en fonction de ce qu'il apprenait des uns ou des autres. Un travail d'artiste… aux grandes oreilles.

Kestner tourna vivement la tête en entendant la porte s'ouvrir. Il ne voulait surtout pas voir débarquer Riwan ou Manuel. Mais fausse alerte. Ce n'était qu'un vieil habitué, qui trouvait en ce lieu une atmosphère propice à des pensées embrumées. De toute façon, les affaires en cours au 36 ne présentaient aucune aspérité et pouvaient être traitées sans lui. On ne viendrait pas le chercher, cette fois, pensait-il.

— Lacourt a avoué ? demanda Marie. Il a donné des indications ?

— Non, rien, soupira le commissaire. Sa ligne de défense, c'est « Silence et démerdez-vous ! ». Mais pas grave. On fera sans lui. De toute façon, il est dans une nasse.

— Et le scooter dont il s'est servi à son arrivée en Ardèche ? On sait d'où il vient ? Il aurait eu un complice sur place ?

— Non, pas de complice. Un contact seulement. Les gendarmes sont sur la piste d'un fourgue de deux-roues à Privas, avec qui il semblerait que Lacourt ait été en relation plusieurs semaines avant l'arrivée d'Isabelle sur place. Ce qui, entre parenthèses, confirme son degré de préméditation. De toute façon, on sait précisément quand ont été élaborées les grandes lignes de sa machination : entre le 12 mars, date à laquelle les remerciements ont été diffusés sur la liste électronique du labo, et le 16 mars, lorsque la lettre de Gaubert a été déposée sur le bureau de Piera. Comme la date de la mission d'Isabelle dans les Coirons et son lieu d'hébergement étaient connus depuis longtemps, Lacourt a facilement pu intégrer le scoot' dans son plan dès le stade initial.

Marie hocha la tête. Mais elle n'en avait pas fini avec les questions :

— Pourquoi avoir pris le risque de perquisitionner chez Colin sans avoir attendu le résultat des investigations à Paris et en Ardèche ? Quel était précisément ton plan ?

Franck ne répondit pas tout de suite. Il faisait les gros yeux au patron, lequel laissait son regard errer avec un peu trop d'insistance à son goût ailleurs que sur les pages de son bouquin. À la décharge du mastroquet, il fallait reconnaître que rien n'altérait la magnétique beauté de Marie, pas même l'austérité de son tailleur gris à la... Pauline Josse.

— Lacourt est un calculateur, expliqua le commissaire. La seule chance qu'on avait de le coincer, c'était de forcer sa porte avant qu'il ait fait le ménage. À notre tour, on l'a pris de vitesse.

Franck agita le micro-espion sous le nez de Marie.

— J'avais deviné qu'il se servait de ce genre d'appareils. C'était logique. Et la plus grande densité de ces trucs ne pouvait se trouver qu'à l'Institut. C'est pourquoi j'ai demandé à Paul d'y mettre deux de ses hommes tandis que les autres cuisinaient le suspect chez lui. On a agi en parallèle seulement pour mettre toutes les chances de notre côté et prévenir le ménage que Colin n'aurait pas manqué de faire à l'I2EC, une fois alerté. Je n'aurais jamais osé espérer un tel dénouement.

Le commissaire tripotait son jouet comme Varenne l'aurait fait d'un briquet.

— Sinon, maintenant qu'on avait deviné qu'il y avait des mouchards à l'Institut, on aurait sans doute pu les trouver avant que Lacourt ne les emporte en mettant une équipe de spécialistes sur le coup. Mais qu'est-ce qu'on en aurait fait ? Ils nous auraient conduits à un cul-de-sac : un téléphone anonyme.

Marie but une gorgée de son thé Oolong.

— T'aurais pu le faire suivre, dit-elle, sans l'alerter, et le coincer au moment où il aurait entrepris l'enlèvement de sa quincaillerie high-tech…

— Mouais. Je crois bien que c'est cette méthode qui aurait été risquée, vu le calibre auquel on avait affaire.

— En tout cas, moi, ce qui m'épate dans cette histoire, c'est l'incroyable culot du personnage. Il s'est lui-même donné en pâture dès le début de l'enquête. Non seulement le coupable s'avère être votre premier suspect, mais son mobile crevait les yeux. Il s'est mis immédiatement en pleine lumière, puis il a orienté vos investigations dans la direction qu'il souhaitait.

— Plutôt astucieux, oui. Lacourt a joué sur le fait que, de toute façon, il aurait été soupçonné de la mort de Gaubert. Son mobile était tellement évident qu'au fil de l'enquête il est devenu improbable. Après nous avoir donné connaissance de ses véritables motivations, Colin a fait surgir de son chapeau deux autres noms – Vincent, Isabelle – et deux autres mobiles – la rivalité amoureuse, la compétition professionnelle –, plus compliqués à mettre en évidence, mais solidement argumentés. Et chaque nouveau suspect innocentait le précédent. Lacourt est peu à peu apparu comme un lampiste, un paravent, un jouet entre les mains d'un assassin machiavélique qui se servait de son conflit ouvert avec Gaubert, alors que le vrai marionnettiste, c'était lui. Du grand art ! Quel meilleur moyen de se faire oublier que de se montrer en plein jour ?

— À condition que ce soit sous la forme d'un fade bibelot posé à côté de brillantes porcelaines.

Franck leva au plafond des yeux rêveurs.

— Sûr que la croustillante Isabelle était une porcelaine autrement plus éclatante que l'insipide Lacourt, triste comme une terre cuite d'église. T'as raison, Marie. On sait depuis Conan Doyle que pour bien se planquer, rien de tel que de s'exposer aux regards, fondu dans un décor chatoyant. C'est la méthode caméléon.

Alors que Kestner se penchait pour passer à la partie la plus intéressante de l'entretien, où il serait question sans doute de choses plus intimes, et alors que Marie, complice, tendait déjà l'oreille et la joue, la porte du bar s'ouvrit à la volée, faisant de surprise sauter l'*Andromède* du grand Corneille des mains du bistrotier-sorbonnard. Heureusement, il ne s'agissait cette fois que d'une édition poche.

— Il est là ! entendit-on. T'avais raison, Riwan !

Paul Varenne venait d'entrer en trombe dans le troquet, suivi par un Menguy plutôt vacillant, un Bonboulot rayonnant et une Dauverchin moins coincée qu'à l'ordinaire. Toute l'équipe, quoi ! Tandis que les trois derniers se disposaient prudemment à l'arrière-plan, le chef de groupe se pointa face à son boss, qui s'était vivement redressé sur sa chaise. Les yeux du commandant étaient sans expression, comme d'habitude, mais ses lèvres fines esquissaient un rictus qu'il s'efforçait en vain de faire disparaître. Il dit du ton le plus sérieux du monde :

— Franck, faut qu'tu pointes d'urgence ! On vient d'être saisis d'un nouveau cas pas net. C'est à Paris-Diderot, tout près d'ici. Ça devrait te plaire : une affaire avec une arme du crime universitaire, pile ton nouveau rayon ! Une étudiante en lettres qu'aurait assassiné son prof en l'assommant avec un gros Plutarque, un bouquin d'une vingtaine de kilos. Et puis, il y a un autre suspect. Lui, il possède carrément les trente-cinq tomes de l'*Encyclopédie*, de Diderot, justement. Paraît qu'il en a filé à ses copains. On craint le pire. Je vois déjà les titres de presse : « La secte des tueurs aux in-folio ! Que fait la police ? ». Enfin, bref, on nage. Si tu pouvais nous aider à y voir un peu plus clair, chef…

Kestner ne savait pas s'il devait entrer dans le jeu de son subordonné ou se mettre à gueuler. Il chercha de l'aide auprès de Marie, qui se contentait de sourire en grattant avec un ongle les irrégularités de la toile cirée. Il fixa ensuite Paul, les yeux baissés sur ses grolles, jouant nerveusement avec son briquet, Riwan, qui hésitait entre rire et s'enfuir, Manu, tranquillement hilare, et Léa, grimaçante, mal à l'aise, mais tout de même contente d'être là. Le commissaire acheva son tour d'horizon par le tenancier, lequel avait perdu le fil de sa lecture. Mais la scène ne valait-elle pas du Corneille ?

Kestner finit par soupirer :

— C'est pas possible ! J'le crois pas que vous soyez tous devenus aussi cons !

Il se leva, l'air faussement cool.

— OK, je vous suis, bande de tarés !

Mais avant de quitter la place, droit comme un « I », il ajouta niaisement à l'intention de son amie, à qui on l'arrachait en traître :

— Content de vous avoir croisée par hasard, capitaine Sertillanges.

Puis se pencha pour la saluer, se faisant anguleux comme un gamma majuscule (« Γ »).

— Je vous dis à un de ces jours.

Et sortit, hautain, sans un regard pour ses traîtres de collègues, pliés.

Du même auteur

Romans et nouvelles

Ys en automne (Les Quatre Saisons d'Ys I), Éditions Terre de Brume, 2000.

Ys en hiver (Les Quatre Saisons d'Ys II), Éditions Terre de Brume, 2000.

Ys au printemps (Les Quatre Saisons d'Ys III), Éditions Terre de Brume, 2001.

Ys en été (Les Quatre Saisons d'Ys IV), Éditions Terre de Brume, 2002.

Les Nuées sanglantes, Éditions Terre de Brume, 2003.

Les Cinq Saisons d'Ys, Éditions Terre de Brume, 2007.

« Chaos », *En Bretagne ici et là... 40 lieux, 40 auteurs*, Éditions Keltia Graphic, 2008.

Exoplanète (Intelligences I), Éditions Terre de Brume, 2009 ; rééd. 2018.

Liberté pour la libertine ! (Les enquêtes de Léo Tanguy), Éditions Coop Breizh, 2009.

Antarctique (Intelligences II), Éditions Terre de Brume, 2010.

Rêve (Intelligences III), Éditions Terre de Brume, 2012.

Documentaires

Curiosités géologiques du Léon, de l'île d'Ouessant à l'île de Batz, en collaboration avec Bernard Le Gall, Éditions Apogée/BRGM, 2013.

Où le monde minéral choisit-il ses couleurs ? 100 clés pour comprendre les roches et les minéraux, Éditions Quæ, 2014.

Curiosités géologiques de la baie de Saint-Brieuc au Mont-Saint-Michel, en collaboration avec Bernard Le Gall, Éditions Apogée/BRGM, 2015.

Terres singulières – 15 sites remarquables à travers le monde, Éditions Quæ, 2017.

Romans et nouvelles pour la jeunesse

Sanglante comédie, Gulf Stream Éditeur, 2011.

Les Profanateurs, Gulf Stream Éditeur, 2012.

Karl, Éditions de l'Archipel, 2012.

Layla, Éditions de l'Archipel, 2012.

« Le Maître des pierres » et « Agora game », *L'École de la mort*, en collaboration avec Lilian Bathelot, Charlotte Bousquet et Béatrice Égémar, Gulf Stream Éditeur, 2013.

Un torrent de bisons (Tillô I), Gulf Stream Éditeur, 2016.

Des feux dans le froid (Tillô II), Gulf Stream Éditeur, 2016.

Les hommes qui transforment les os (Tillô III), Gulf Stream Éditeur, 2016.

Documentaires pour la jeunesse

Les pierres qui brûlent, qui brillent, qui bavardent, illustré par Marion Montaigne et Matthieu Rotteleur, Gulf Stream Éditeur, 2012.

Les fossiles ont la vie dure, illustré par Benjamin Lefort et Matthieu Rotteleur, Gulf Stream Éditeur, 2014.

Dinosaures délirants et fossiles affolants, illustré par Pierre-Yves Cézard et Matthieu Rotteleur, Gulf Stream Éditeur, 2017.

Retrouvez l'auteur sur son site Internet :
http://www.martial-caroff.fr

Cet ouvrage a été imprimé en France par
CPI Brodard & Taupin
Avenue Rhin et Danube
72200 La Flèche (France)

pour le compte des Éditions Fayard
13 rue du Montparnasse, 75006 Paris
en octobre 2023

Photocomposition Nord Compo à Villeneuve-d'Ascq

PAPIER CERTIFIÉ

fayard s'engage pour l'environnement en réduisant l'empreinte carbone de ses livres. Celle de cet exemplaire est de :
0,100 kg éq. CO_2
Rendez-vous sur www.fayard-durable.fr

N° d'édition : 10-2740-4/01 - N° d'impression : 3055012